그 여자의 집

그 여자의 집

김수영 소설

교유서가

차례

그 여자의 집

개 짖는 소리가 겨울 아침의 고요를 깬다. 솔미는 의자를 뒤로 밀치며 일어서서 까치발로 창문가로 간다. 가슴 높이로 벽 한가운데를 가르고 지나가는 좁고 긴 유리창에 성에가 잔뜩 끼어 있다. 엄지손톱으로 성에를 긁다 멈춘다. 즉석복권이라도 긁는 기분이다. 제발, 대박나라. 손톱을 옆구리에 문지르며 성에가 벗겨진 작은 틈새에 눈을 댄다. 휑한 들판만 보인다.

솔미가 사는 집은 산자락이 끝나는 나지막한 언덕배기에 있다. 잡풀과 나무가 제멋대로 자라는 곳이고 사람보다 다람쥐나 산토끼, 꿩과 고라니가 자주 다니는 곳이다. 그들은 오다가다 물을 마시다가 풀을 뜯다가 누구세요, 라고 문듯 솔미를 쳐다본다. 개들의 소란한 환대에 황급히 줄행랑을 친다. 솔미는 개와 그들이 다정하게 지내길 바란다. 어제도 산자락에 고

구마와 콩깍지, 오래된 곡물을 쏟아놓았다. 누군가 몰래 놔둔 덫, 마른 덤불 사이에 숨겨놓은 올가미를 치웠다.

나무로 지은 집 내부는 단출하다. 한쪽 구석에 긴 의자 같은 침대가 있다. 그 옆에 놓인 식탁 겸용 책상과 나무 의자가 투박하다. 중앙에 있는 출입문 옆에 화목난로가 있고, 끝으로 가면 작은 싱크대, 그 옆엔 옹색한 화장실이 있다.

책상으로 돌아가 앉은 솔미는 담요를 등에 걸친다. 노트북의 엔터키를 누르니 화면 가득 붉은 사막이 펼쳐진다. 패스워드를 치니 국립중앙박물관 화면이 뜨고 〈탕탕평평—글과 그림의 힘〉이 활성화된다. 조선 후기 도화서 화원 김두량이 그렸다는 삽살개를 들여다본다. 개 짖는 소리는 잦아들지 않는다. 영조가 썼다는 화제를 읽던 솔미의 얼굴이 심각해진다. 이장을 하겠다고 나서지 말아야 했나. 왼손으로 턱을 괴고 손가락 끝으로 뺨을 두드린다. 손이 왜 이렇게 차. 손을 꼭 쥐던 정 할머니의 손에서 번지던 온기를 더듬어 찾는다. 마디가 뭉뚝하고 지문이 뭉그러질 정도로 거친 손이지만 그 손은 살아 있었다. 노트북을 닫고 패딩을 걸친다.

"갔다 올게."

솔미는 꼬리를 흔들며 날뛰는 개들을 단속한다. 다리 건너 멀리 보이는 마을을 향해 걷는다. 오늘은 1년에 한 번 마을 주민이 모두 모이는 잔칫날이다. 주민들이 얼마나 참석하려나. 내딛는 발걸음이 무겁다. 2년 임기의 이장도 뽑을 예정이다.

마을 주민들의 눈에 담긴 찜찜함과 마뜩잖음이 걸린다. 결혼부터 해야지. 쑥덕이는 소리가 들리는 것 같다. 마흔도 중반인데 이곳에서 솔미는 아직 애에 속했다. 조심조심 그녀는 땅만보고 걷는다. 그늘진 곳 어딘가에 빙판길이 숨어 있을 것이다. 혹여 미끄러지기라도 하면 창피한 건 두번째다. 무릎이나 고관절, 꼬리뼈라도 다치면 낭패다. 돌봐줄 사람도 없으니 조심이 최선이다. 마을회관에 가면 그녀는 주방부터 들러 눈도장을 찍을 예정이다. "먹을 만큼만 준비하죠." 솔미의 말은 나뭇가지를 빠져나가는 바람보다도 주목받지 못했다. "그래도 잔칫날인데." 어제부터 마을 여자들은 음식 준비에 분주했다.

*

솔미가 흘긋 뒤를 돌아본다. 표정 없이 서 있는 나무 사이로 투명한 햇살이 내리꽂힌다. 온몸으로 빛을 받는 나무들이 담담하다. 그 나무들 사이로 키 낮은 집이 보인다. 집은 누렇게 마른 잡초와 한 덩어리가 되어 있다. 저 집이 없었다면. 솔미는 고개를 흔든다. 자의 반 타의 반으로 도시생활을 접은 솔미가 이곳으로 온 건 1년쯤 전이다. 나다니지 않았는데도 마을 주민들은 솔미가 왔다는 걸 알았고 이러쿵, 저러쿵 소문을 만들어냈다. 한 달 만에 솔미는 이혼하고 우울증을 앓는 여자가 되어 있었다.

실상은 이랬다. 솔미는 졸지에 일자리를 잃었다. 그녀가 일하던 '일상전시기획'이 망했기 때문이었다. 엄밀히 말하면 랜선 전시로 업종을 바꾼 거지만. 더는 그녀가, 현장 팀에서 일할 전시보조원이 필요치 않았다. 할일이 없다는 현실이 믿기지 않아 솔미는 정신이 나간 상태로 며칠을 보냈다. 실업수당을 신청하려 했으나 계약직이라 받을 수 없었다. 솔미는 계약직, 임시직, 단기 알바, 닥치는 대로 일을 찾았다. 그러나 마흔을 넘긴데다 전시보조 스펙으로 할 수 있는 일은 한정적이었다. 대학이나 대학원을 갓 졸업해 날선 감각을 가진 새내기들도 자리를 구하지 못해 난리였다. 순식간에 원룸 보증금의 반을 까먹었다. 겁이 덜컥 났다. 다달이 들어가는 고정비용, 무엇보다 월세를 줄여야 했다. 그때 어머니가 살았던 시골집이 떠올랐다.

　솔미가 어머니 집에 칩거한 지 두 달쯤 됐을 때였다. 작달막하지만 다부져 보이는 정 할머니가 찾아왔다. 엄마 눈을 쏙 빼닮았다며 그녀는 다짜고짜 솔미 손부터 잡았다. 비닐하우스에서 채소 따는 일을 해보겠느냐고 물었다. 잡힌 손을 빼내며 솔미는 커피라도 내오겠다고 일어섰다. 손사래를 치며 그녀는 먹을 거 내올 생각 말고 대답부터 하라고 채근했다. 솔미는 머뭇거렸다. 어디까지 추락해야 하나. 자괴감이 들었고 생소한 일을 잘할 자신도 없었다. 그러나 더운밥 찬밥 가릴 때가 아니라는 건 알았다. 일부러 찾아와 일거리를 주는 할머니의 마음도 고마웠다.

"할게요." 솔미는 충동적으로 대답하고는 바로 후회했다. 이러다 영영 이곳에 눌러앉게 되는 거 아냐. 걱정이 앞섰다. 그러나 솔미는 채소를 심고 기르는 사람도, 고뇌하며 작품을 창작하는 사람도 아니었다. 채소 따는 일과 전시장에서 하던 허드렛일은 다를 게 없었다. "그래. 놀면 뭐해. 일 있을 때 푼돈이라도 벌어야지." 정 할머니가 활짝 웃었다. 얼굴 가득한 주름살이 이상하게 정겨웠다.

비닐하우스는 솔미의 집보다 훈훈했다.

"밤 9시에 트럭이 와. 그전에 일이 끝나야 해."

정 할머니는 서둘러 채소를 따는 법부터 알려줬다. 생각보다 알아야 할 게 많았다. 아래부터 차근차근 따고, 줄기에 바싹 붙여 따고, 상처 나지 않게 조심하고, 씻지 않을 거니 흙이 묻지 않게 해야 하는 등 의외로 까다로웠다. 솔미는 부지런히 채소를 따서 모양이 같은 것끼리 모아났다. 30분이 지나자 허리가 뻐근했고 손톱 끝이 시커멓게 물들었다. 겨잣잎, 상추, 비트, 깻잎, 치커리, 신선초, 셀러리까지 쌈채소는 모두 일곱 가지였다. 각각의 채소를 다섯 장씩 작은 종이 상자에 담았다. 그녀의 휴대폰에 저장된 주소를 보고 일일이 주소를 적었다. 네 시간 일하고 5만 원을 받았다.

"이장에 나가봐. 나 돕는다 치고. 응?"

"할머니. 농담이라도 그런 말 하지 마세요."

꽁무니를 빼는 솔미, 포기하지 않는 정 할머니의 티격태격이 저녁마다 이어졌다.

"보조만 하면 된다니까. 컴퓨터도 잘하잖아."

보조라는 말에 솔미의 귀가 열렸다. 보조라면 대학을 졸업하고 20여 년을 해온 일이었다. 허드렛일에는 이력이 났고 일가견이 있었다. 마음이 조금 출렁였다. 이장의 공식적인 수고비가 한 달에 40만 원이고 가외 수입도 있다는 썰(說)에도 끌렸다. 개 사료를 살 돈은 되지 않을까. 나쁘지 않은 선택 같았다. 이참에 전문 보조원이 돼봐? 못할 것도 없었다. 혼자 사는 할머니들의 말없는 지지도 힘이 되었고 사료비를 벌어야 하는 이유도 분명했다. 개 다섯 마리를 굶길 수는 없지 않은가.

제일 먼저 솔미에게 온 개는 수수였다. 삽살개처럼 풍성하고 긴 털을 가진 수수는 한쪽 눈을 실명한 상태였다. 그녀가 다가가면 피했고, 겁먹은 얼굴로 도로만 주시했다. 솔미는 자신을 보는 것처럼 마음이 아팠다. 시간이 약이었다. 외로운 솔미, 버림받은 수수는 천천히 조금씩 서로에게 마음을 열었고 가족이 되었다.

1년 동안, 개가 다섯 마리로 늘어났다. 전부 마을 주민들이 은근슬쩍 데려다놓은 개였다. 수수를 비롯해 우수, 미수, 양수, 가수까지. 각각의 개는 품종도 크기도 달랐지만 버려졌다는 공통점이 있었다. 개가 많아지자 사료비도 만만치 않았다. 그렇다고 개를 쫓아버릴 수도 없었다. 그것은 솔미 자신을 내동

댕이치는 거나 마찬가지였으니까. 솔미는 마을 할머니들에게 남은 음식을 달라고 부탁했다. 할머니들은 남은 밥과 반찬을 싸주며 눈을 끔벅이고 어깨를 툭툭 쳤다. "복 받을 거야." 갈라진 목소리로 소리 죽여 응원했다.

언덕길을 내려온 솔미는 다리를 건너고 도로를 가로지른다. 숨을 쉴 때마다 입에서 허연 입김이 뿜어져나온다. 모자를 쓰거나 목도리라도 두르고 오는 건데. 휑한 목으로 스며드는 찬기에 온몸이 으스스하다. 몸을 조금 더 옹송그린다. 바람에 밀려 몸이 저절로 앞으로 밀려간다.

*

마을회관 앞, 커다란 화덕에 올린 가마솥에서는 김이 펄펄 올라온다. 이장 부인이 커다란 나무 주걱으로 솥을 휘젓고 있다.

"추워지네. 일찍 좀 오지."

그녀의 말속에는 반가움과 트집이 뒤섞여 있다. 충분히 일찍 온 건데. 솔미는 입을 꾹 다문다. 이장 부인은 가스불을 줄이고 국자로 국물을 떠 후후 불어가며 간을 본다.

"맛있는 냄새가 나요."

솔미는 마음속 말과는 반대로 이장 부인의 기분을 맞춰준다. 드럼통을 반으로 잘라 키를 낮춘 바비큐통 옆을 지나간다.

장작불이 탁탁 소리 내며 탄다. 철사로 된 그물망 위에서 돼지고기가 지글거리며 익고 있다. 주황색 불길이 그물망 사이로 올라오고 따스함이 퍼진다. 아직 9시도 안 됐는데 마을 노인 셋이 소주로 아침 해장을 하고 있다. "안녕하세요." 깍듯하게 인사한 솔미는 마을회관 문을 연다.

"엄마랑은 달라. 대가 세더라고. 개를 다섯 마리나 키우잖아."

박 노인의 말이 등을 때린다. 솔미는 못 들은 척한다.

"손끝이 야무지다던데."

김 노인의 목소리가 어깨를 타고 앉는다.

"그럼 뭐해. 시집을 가야지. 누구 없나?"

백발의 유 노인 목소리다. 털신을 벗던 솔미가 잠시 멈칫한다. 들으라는 건지, 듣지 말라는 건지, 들었어도 모른 척하라는 건지, 따져 묻기를 은근히 바라는 건지 종잡을 수 없다. 털신을 신발장에 넣고 주방으로 들어선다. 쌀을 씻어 대형 전기밥솥 두 개에 나눠넣는다. 전기포트에 물을 붓고 스위치를 켠다. 인스턴트커피를 마시면서 이장 출마의 변을 연습할 생각이다. 어제 늦게까지 웬만한 음식 준비를 마친 터라 사실 아침에 할 일은 별로 없다. 주머니에서 쪽지를 꺼내 들여다본다.

"왔어? 추워지네."

부녀회장이 우당탕 마을회관 철문을 열고 들어온다. 전 목사 부인인 그녀는 언제나 소란하다. 솔미는 쪽지를 도로 주머니에 쑤셔넣는다. "커피 드실래요?" 안경을 벗어 렌즈를 닦는 부녀회장을 쳐다본다. 색이 짙게 들어간 렌즈가 시커멓다. 선글라스라도 낀 것 같다. "난 스프라이트나 마셔야겠어." 그녀는 김치냉장고에서 스프라이트 캔을 꺼낸다. "춥다면서요. 속 타는 일 있어요?" 솔미가 부녀회장의 속을 넌지시 떠본다. 속이 더부룩하다는 말에 고개를 끄덕이며 회의장으로 들어간다. 남자 노인 둘이 멍한 얼굴로 TV를 보고 있다.

솔미는 앉은뱅이상을 펴서 회의장 가운데 길게 이어놓고 물티슈로 닦는다. 종이컵과 인스턴트커피, 전기포트를 쟁반에 담아 상에 올려놓는다. 주민들이 오면 한 잔씩 마시라는 의미다. 9시가 넘어가자 주민들이 하나둘 모여든다. 벽을 따라 놓인 소파에는 할아버지들과 아저씨들이, 문 쪽 방바닥에는 할머니들이 쪼그리고 앉는다. 솔미는 할머니들 옆으로 간다.

"발푠가 뭔가 준비는 잘했지?"

옆에 앉은 정 할머니가 솔미 귀에 대고 속닥인다. 솔미는 손가락으로 동그라미를 만들며 미소 짓는다. 귀가 어두운 그녀에게는 눈짓, 손짓, 몸짓이 더 효율적인 소통 수단이다.

마을 총무 이 씨가 돋보기를 쓴다. 탁자 위에 놓인 두 장짜리 A4 용지를 읽으라고 나눠준다. 주민들이 흐린 눈을 끔벅이며 용지를 들여다보는 사이 그는 시간을 확인한다. A4 용지에는 지난 1년 동안의 마을 살림 결산이 적혀 있다. 솔미는 숫자를 꼼꼼히 읽는다. 통장 사본이 없는데다 수입과 지출이 맞지 않다는 걸 발견한다.

10시가 되자 총무가 일어선다. 마을 결산보고를 하고 이장 선거를 시작하겠다고 선언한다. 조용히 말해도 될 텐데 소리를 질러대는 통에 귀가 따갑다.

*

큼큼. 목소리를 가다듬은 총무가 마을 살림 입금, 지출 내용을 보고한다. 모두 조용히 듣고 있다. 보고가 끝나자 바뀐 마을 법규를 공지한다. 이장은 2년 임기이고 한 번 연임이 가능하다, 에서 '한 번'이 빠졌다는 것이다.

주민들이 웅성거린다. 법이 언제 바뀌었느냐, 누가 바꿨느냐는 불평이 쏟아진다. 포도를 키우는 이 씨가 일어서서 '한 번'이 빠졌다면 수없이 연임해도 되는지 묻는다. 바뀐 법을 투표날 알리는 이유를 따진다. 먼저 나서지 못한 주민들이 이건 아니라고 한마디씩 얹는다. 총무는 마을발전위원회가 바꾼 법에 토를 달지 말라고 당부한다. 그러나 불만은 쉬이 잦아들지 않는다. 그래도 이장 선거를 미룰 수는 없다고 누군가 소리친다.

일단 이장 출마의 변을 듣자는 말에 실내가 고요해진다. 동수마을로 귀농한 주민 몇이 솔미를 쳐다본다. 솔미는 그들의 눈에서 응원의 기운을 본다. 소리 없이 전달된 지지에 힘을 얻는다. 현 이장의 말을 경청한다. 그는 주저함이 없다. 재선을 확신하는 목소리다. 경쟁자가 당당해서 솔미는 힘이 난다. 시시한 사람과 맞붙는 건 재미가 없으니까. 지더라도 센 놈과 붙어서 져야 덜 억울하니까.

"저는 우리 동수리를 꽃향기가 넘치는 마을로 만들었습니다. 어디에다 내놔도 손색이 없습니다. 2년간 우수 꽃마을로 선정된 건 다 아시죠. 총상금이 3천만 원이었습니다. 그 돈으로 농로를 포장하고 수로를 고쳤어요. 폭우나 폭설이 쏟아져도 끄떡없게 말이죠."

"짧게 합시다."

누군가가 소리친다. 현 이장이 잘 부탁한다, 마을의 화합과 발전을 위해 일하겠다며 자리에 앉는다. 몇몇 노인이 박수로 화답한다. 앞으로도 수고해달라고 은근한 지지를 보낸다. 그러나 꽃 가꾸기는 마을 공동 프로젝트였다. 솔미도 뙤약볕에 땀을 흘리며 모종을 옮겨 심었고 물을 주고 잡초를 뽑았다. 이장 혼자의 노력으로 된 일은 아니었다. 그래도 그에게 다정한 눈길을 보낸다. 다정함을 나누는 건 돈도, 힘도 들지 않으니까.

솔미가 일어선다.

"저는 공정함을 우선으로 삼겠습니다. 동수리 주민 모두가 마을 살림 내용을 알도록 과정과 결과를 오픈하겠습니다. 살고 싶은 마을을 만들겠습니다. 저 같은 도시 사람들이 많이 들어와야 마을이 커집니다. 저에게 힘을 실어주세요. 열심히 하겠습니다."

솔미는 말 한마디 한마디에 힘을 실어 또박또박 말하고 자리에 앉는다. 잠시 침묵이 흐른다. 정 할머니가 박수갈채를 보낸다. 눈치를 보던 다른 할머니들이 일제히 박수를 친다. 박수는 오랫동안 멈추지 않는다.

"자, 이제 선거를 공정하게 진행할 위원장을 정하겠습니다." 이 총무가 안골에 사는 전직 목사를 지목한다. 부녀회장의 남편인 그는 벌을 키우느라 집에 잘 없다. 두어 번 거절하던 그는 마땅한 중립적인 사람이 없다, 봉사해달라는 말에 마지못해 수락한다. 그러나 기다리고 있었다는 듯 후보자 자격을 심사하겠다고 선언한다. 등록 절차에 문제가 있거나, 1년에 한 번씩 내는 마을기금을 내지 않았거나, 결격사유가 있으면 이장 피선거권이 박탈된다고 공표한다. 솔미를 지목하며 후보 등록을 휴대폰 문자로 해서 무효라고 발표한다.

출마의 변까지 듣고 나서 등록 무효라니. 솔미는 어안이 벙벙하고 뭔가에 말려든 기분이다. 휴대폰 액정을 빠르게 밀어 찍어놓은 공고문을 찾아 읽는다. 어디를 봐도 종이로 된 서류를 제출하라는 문구는 없다. 이의를 제기한다.

선거위원장이 공고문을 다시 낭독한다. 솔미가 찍어놓은 공고문과는 내용이 다르다. 공고문이 중간에 변경되었냐는 솔미의 지적에 정회가 선포된다. 노인들 몇몇이 턱을 문지르며 담배를 피우러 나간다. 현 이장과 총무, 선거위원장이 고개를 맞대고 회의를 한다. 망연한 표정의 할머니들에게 솔미가 휴대폰을 들이민다. 할머니들은 안 보인다며 손을 내젓는다. 솔미는 회의장 옆에 있는 주방으로 간다. 화투를 치던 할머니들의 눈이 솔미에게 쏠린다.

"누가 됐어?"

지팡이가 있어야 걷는 오식 할머니가 눈을 치켜뜬다.

"아직 투표도 안 했어요."

솔미가 시큰둥하게 대꾸한다. 냉장고에서 냉수를 꺼내 마신다. 음모의 기운을 느끼지만 내색할 수는 없다.

"무신 일 있어? 큰소리가 들리던데."

똥광이 어디 갔느냐며 박순자 할머니가 화투를 힘껏 내리친다. 투표에 참석하라는 솔미의 독려에 고개를 젓는다. "새삼스럽게 무신 투표?" 그녀는 여태 한번도 이장 투표를 해본 적이 없다고 구시렁댄다.

"이장은 그래도 남자가 해야지."

김복순 할머니가 흑싸리를 힘없이 내고 화투를 뒤집는다. 쌌네, 라며 흑싸리 껍질을 가져간다. 배고픈데 빨리 끝내고 밥이나 먹자고 한다. 조금 있으면 면사무소 직원들이 몰려올 거라며 현 이장 부인은 시래깃국을 보러 나간다.

솔미는 기울어진 바닥에 서 있는 기분이다. 불공정하다는 말이 튀어나올 것만 같다. 바로 마음을 고쳐먹는다. 투표에 참여하는 것도 개인의 자유고, 의견을 말하는 것도 개인의 선택이다. 그녀만 공정하다고 주장하는 것도 불공정한 거다. 할머니들은 어쩌면 불공정을 공정으로 인식하며 살아왔는지도 모른다. 복종하면 몸은 불편해도 마음은 편하니까. 책임질 필요가 없다는 건 홀가분한 일이니까. 죄책감을 느낄 필요도 없으니까. 무엇보다 남의 탓을 할 수 있으니까. 솔미는 이장이 되는 것보다 여자는 안 된다는 생각을 끊어내는 게 급선무임을 깨닫는다. 그러나 어떻게. 그것이 문제다.

*

회의가 속개된다. 정회하는 동안 입후보자 자격을 심사한 선거위원장이 중대한 발표를 하겠다며 일어선다. 다들 눈에 힘을 주고 입을 꾹 다문 채 그에게 집중한다. 긴장감이 회의장을 가득 채운다. 서글서글한 눈매와 훈훈한 외모를 가진 선거위원장이 부드러운 목소리로 말을 시작한다.

"개인 신상에 관한 일이라 발표를 해도 괜찮을지."

중대 발표를 하겠다던 그가 솔미를 쳐다본다. 슬그머니 꽁무니를 빼는 이유가 뭘까. 의아한 표정으로 솔미는 그의 시선을 받아낸다. 잘못한 게 없으니 당당하지 못할 이유가 없다. 몹쓸 죄를 짓고 숨어들어온 것도 아니고, 마을에 해를 끼친 일도 없다. 그들이 솔미의 집에 버린 다섯 마리의 개도 다 거두지 않았는가. 솔미의 반응을 살피던 선거위원장이 물을 마신다. 묵묵히 앉아 있는 사람들을 휘 둘러보고 고뇌의 표정을 짓는다.

맡은 배역을 맛깔나게 연기하는 배우처럼 깔끔한 연기다.

"사람은 집에서 살아야 합니다. 그런데 말이죠."

"알아듣게 말을 하게."

성질이 급한 김 노인이 발언권을 얻지도 않고 소리친다. 목소리에 화가 더께처럼 끼어 있다.

"그래서 요점이 뭔가?"

여기저기서 구시렁대는 소리로 회의장은 소음 구덩이가 된다. 누구도 상대의 말을 듣지 않는다. 장날에 나온 장사꾼들이 제각각 자신의 물건을 사라고 외쳐대는 것 같다. 솔미가 손을 들어 발언권을 요청한다. 침착한 목소리로 집에서 사는 게 문제가 되는 이유를 묻는다. 선거위원장이 손으로 입을 닦는다. 자신의 입으로는 도저히 말할 수 없지만, 본인이 물으니 어쩔 수 없다며 서류를 들어올린다. 노란색 형광펜으로 줄이 그어진 서류를 옆으로 돌린다. 다들 눈을 크게 뜨고 서류를 들여다본다.

"견사? 이게 뭔가?"

비닐하우스에 사는 강 노인이 서류에 적힌 글을 읽는다. 회의장에 있는 사람들이 모두 들을 만큼 큰 소리다. 주민들이 흘끔흘끔 서류를 들여다보고 옆으로 넘긴다.

"언제 가옥대장까지 뗐대?"

누군가가 비아냥댄다. 동수리 주민들은 다양한 집에 살고 있다. 무허가 집에 살거나 농막으로 위장한 비닐하우스에 살거나, 방치된 남의 집에 들어가 살기도 하고, 컨테이너에 사는 사람도 있다. 물론 선조들에게 물려받은 오래된 집에 사는 사람도, 새집을 짓고 들어온 귀농인도 있다. 솔미는 어머니가 30년이 넘게 견사에 살았다는 사실을 오늘 알았다. 주민등록을 이전하는 데도 문제가 없었으니 인지할 기회가 없었다. 견사도 집은 집이었다. 솔미는 이장 입후보 자격을 다시 묻는다. 중요한 질문이라며 선거위원장은 형사처벌을 받았거나 심각한 결격사유가 있으면 이장 피선거권이 없다는 마을 규약을 읽어준다.

3년 전에 귀농한 재식이 아버지가 손을 든다. 주민이 사는 집의 형태가 결격사유가 되느냐며 그냥 투표를 진행하자고 제안한다. 선거위원장이 고개를 젓는다. 선거에 대한 의견은 수용할 수 없다고 선을 긋는다. 정솔미 주민은 이장 피선거권이 없다고 선언한다. 주민들은 서로의 얼굴을 쳐다만 볼 뿐 말이 없다. 회의는 다시 정회된다.

*

마을회관 앞 공터에 모여 노인들은 담배를 피운다.
"거참, 그 집이 견사였나?"
한 노인이 모자를 들어 반들반들한 머리통을 긁는다. 차가운 바람에 성근 머리카락이 한쪽으로 쏠린다. 얼른 모자를 뒤집어쓴다.

"너무 어려. 딸뻘도 안 되는데 이장을 시킬 수는 없지."

옆에 선 최 노인이 거들먹거린다.

공무수행이라고 적힌 차가 마을회관 앞으로 들어온다. 면사무소 직원들이 탄 차다. 직원들이 우루루 내린다. 마지막에 내린 남자 직원이 소주 한 박스를 내려놓는다. 현 이장 부인이 그들을 반갑게 맞는다. 추운데 안으로 들어가라며 등을 떠민다. 화투를 치던 할머니들이 담요를 거두고 구석으로 물러앉는다. 뒤숭숭한 분위기를 눈치챈 그들은 공터에 놓인 바비큐 그물망 앞에 서서 불을 쬔다. 바비큐통에 박 노인이 장작을 몇 개 던져 넣는다. 고기부터 드시라며 부녀회장이 서둘러 앞접시와 나무젓가락을 내온다. 그물망에 돼지고기를 올린다.

이장 선거가 다시 시작된다. 솔미를 후보자에서 끌어내린 선거위원장은 현 이장을 단독 후보로 호명한다. 단일 후보니까 박수로 추대하자고 제안한다. 재식이 아버지가 이의를 제기한다.

"비밀투표를 해야죠. 박수로 이장을 추대하는 건 나쁜 선례라고 봅니다."

다수가 그의 말에 고개를 끄덕이며 동의한다.

"찬반 투표를 합시다."

정 할머니가 용기 있게 발언한다. 회의를 진행하던 총무가 일어선다. 좋은 말씀 감사하다며 정 할머니를 쏘아본다. 한 집에 한 표다, 각 집의 세대주를 호명하겠다며 이름을 부른다. 참석 가구는 모두 31가구였다. 그중 여자 참석자는 4명에 불과하다. 화투 치는 대신 투표에 참석해도 될 텐데. 투표용지를 받는 솔미의 손이 떨린다.

"찬성하면 O, 반대하면 X, 하나만 쓰세요. 둘 다 쓰면 무효입니다."

총무가 소리치며 투표용지를 나눠준다. 투표용지를 받은 사람들이 종이를 들여다본다. 망설이는 사람, 돌아서서 표시하는 사람, 볼펜을 찾으면서 곁눈질하는 사람, 돌아앉아 표시하는 사람도 있다. 웅성거리던 소리가 잦아든다. 숨죽인 기표 시간이 지나고 투표용지가 한곳에 모이자 개표가 시작된다. 선거위원장이 A4 용지에 바를 정(正)자를 써가며 O, X 숫자를 센다. 중간까지는 O, X 숫자가 비슷하게 나오더니 마지막에 한쪽으로 쏠린다.

반대표가 압도적으로 많다. 반대 19표, 찬성 12표다. 예상 밖의 결과에 선거위원장은 당황한 기색이 역력하다. 떨떠름한 얼굴로 전체 숫자를 다시 세서 공표한다.

"오늘 우리 마을의 이장은 선출되지 못했습니다."

불신임을 받은 현 이장의 얼굴이 벌겋게 달아오른다. 자리를 박차고 일어서서 마을을 말아먹자는 거냐고 소리친다. 혼자 내려왔으면 조용히 살 것이지. 분을 삭이지 못해 말을 더듬거린다. 누구라도 대꾸하면 바로 싸울 태세다. 마을 주민 누구도 현 이장의 말에 동조하지 않는다. 머쓱해진 그는 회의장을 나간다.

정 할머니가 솔미의 손을 잡는다. 변화가 갑자기 오면 어지러운 법이라고 말한다. 배고프다며 주방으로 간다. 여자들의 표정이 각양각색이다. 누구는 혼자 히죽히죽 웃고, 누구는 쯧쯧 혀를 찬다. 누구는 구시렁대고 누구는 면사무소 직원들 식사부터 차리라고 다그친다. 여자들도 불안한 거다. 평생 '참'이라고 믿어왔던 것이 실은 참이 아닐 수도 있다는 사실을 인정하기 두려운 거다. 두려움을 잊으려고 자신의 말만 내뱉는 거다. 흩어진 말들이 잡채에 무무침에 김치에 샐러드에 내려앉고 그 음식을 먹는 사람들의 입으로 들어가 몸을 휘저을 것이다. 생각까지 뒤집어엎을 것이다. 그렇게 상상하며 솔미는 숟가락과 젓가락을 놓고 반찬을 나르고 국과 밥을 퍼나른다.

"아이쿠, 왜 이러지?"

물통을 옮기던 정 할머니가 휘청거리다가 물통을 바닥에 떨어뜨린다. 엉겁결에 주저앉은 그녀가 끙, 앓는 소리를 내며 엉덩이를 주무른다. 물통에서 쏟아진 물이 그녀의 바짓자락을 적신다. 솔미가 물병을 들어 상 위에 놓고 수건으로 흥건한 물을 닦는다.

"괜찮으세요?"

정 할머니가 솔미의 손을 쓰다듬는다. 살이 없는 얼굴에 가득한 주름 사이사이로 미안함이 고여 있다.

"수건이잖아. 걸레로 닦아야지."

지켜보고 있던 노인이 마뜩잖다는 듯 잔소리를 한다. 바짓자락을 쥐어짜던 정 할머니가 그를 향해 젖은 수건을 휙 던진다.

밥을 먹던 재식이 아버지가 선거위원장에게 오늘의 패착을 복기한다. 후보를 그대로 두고 투표했으면 현 이장이 연임에 성공했을 것이라고 말한다. 그곳이 견사든 어디든 사람이 사는 곳은 다 집이라고 역설한다. 전쟁 난민들은 임시 천막에 산다. 천막이 그들의 피난처고 집이다, 비닐하우스에 살면 그곳 또한 집이 된다. 먼 옛날 우리 조상들은 동굴에서도 살지 않았느냐, 집의 형태로 이장 자격을 박탈하는 행태는 독재보다 나쁘다고 덧붙인다. 선거위원장은 그게 아니라고 반박한다. 법을 어겼다는 사실을 지적했을 뿐이라는 것이다. 상에 둘러앉은 노인들의 소주 마시는 속도가 빨라진다.

할머니들은 주방 옆 좁은 방에 끼어 앉아 밥을 먹는다. 면사무소와 농협의 교대조 직원들이 들이닥친다. 밥을 먹던 여자 몇이 후다닥 일어나 새 상을 차린다. 꿈적하지 않고 밥을 먹는 솔미를 이장 부인이 째려본다.

"개도 밥 먹을 때는 건드리지 않아요."

밥을 먹은 솔미는 설거지를 하지 않고 마을회관에서 나온다. 서로 돕는다는 말을 곰곰이 생각하며 얼어붙은 길을 따라 걷는다. 강제성에 떠밀린 도움도 도움일까. 도움의 탈을 쓴 다른 것일까. 산비탈에 쌓인 눈이 바람에 날린다. 12월에 영상 20도를 넘어 걱정을 키우더니 하루 사이에 영하 10도 아래로 곤두박질쳤다. 기온이 극과 극을 찍는다. 솔미의 기분처럼.

*

차 소리가 들린다. 다리를 막 건너려던 솔미가 뒤를 돌아본다. 공무차량이라고 쓰인 글씨가 또렷한 흰색 차가 속도를 줄이고 다가온다. 아까 온 면사무소 직원은 아닌 것 같다. 다리 난간 쪽으로 비켜서며 먼저 지나가라고 손짓하던 솔미는 무의식적인 자신의 행동에 놀란다. 다리 밑을 내려다본다. 누렇게 말라버린 잡풀 사이로 물이 흐르고 물 가장자리에 살얼음이 얼어 있다. 그녀는 살얼음을 향해 작은 돌을 집어던진다. 빗나간다. 에잇. 저것도 못 맞히네. 괜히 아쉽다.

"실례지만 이 근처에 개를 키우는 곳이 있나요?"

차창을 내리고 남자가 묻는다.

"어느 집이나 개 한두 마리는 다 키우는데요."

솔미는 어디를 찾느냐, 이쪽으로 가면 산밑에 있는 집이 유일하다고 알려준다. 남자가 고개를 갸웃하더니 조수석에 놓인 서류를 들어올린다. 큰 소리로 주소를 읽는다. 혹시 이 주소에 사느냐고 묻는다.

"그렇긴 한데요."

얼음장처럼 차가운 바람이 머리통과 목덜미로 파고든다. 턱 밑에 소름이 돋으면서 머리가 맑아지는 느낌이 든다. 마른 풀들이 부석거리며 흔들린다. 흩날리던 잔설이 다리 밑으로 물 위로 떨어진다. 눈은 어느새 물이 되어 흘러간다.

"민원이 들어와서요."

남자는 이 번지에 사는 게 맞느냐고 재차 확인한다.

"그렇다니까요."

솔미는 되도록 다정하게 말하려고 애쓴다. 마음과 달리 짜증과 귀찮음이 섞여나온다. 춥다. 따뜻한 난롯불을 쬐고 싶은 마음이 굴뚝같다. 다리 위로 발을 올려놓는다. "저기. 잠깐만요." 차에서 내린 남자가 뒤쫓아온다. 견사를 둘러볼 수 있는지 묻는다.

"개집을 둘러보는 데 허락이 필요할까요?"

냉소적인 대꾸에 솔미 자신도 놀란다. 남자가 잠시 주춤거리며 손으로 눈을 여러 번 비빈다. 그의 귓바퀴가 빨갛게 얼어 있다.

"불법 건축 신고가 들어왔거든요."

남자의 난감한 목소리를 듣는데도 솔미는 이상하게 화가 나지 않는다. 슬프지도 않다. 바람이 부는 쪽으로 고개를 돌린다. 차가운 바람이 얼굴을 때리고 지나가는데도 멍멍하다. 감정이 모두 외출한 것 같다. 머리가 맑아지던 아까와는 완전히 다른 느낌이다. 따라오라며 솔미는 앞서 걷는다. 언 땅을 누르는 발소리에 집중한다. 그 소리는 점점 멀어지더니 급기야 아무 소리도 들리지 않는다. 여기는 어디일까. 어딘가 먼 곳에 와 있는 기분이다.

"쉿. 조용히 해."

남자가 개를 향해 말한다. 그러거나 말거나 개 다섯 마리는 있는 힘을 다해 짖어댄다. 절규하듯 목이 터져라. 솔미는 개 한 마리 한 마리와 눈을 맞춘다. 그래. 너네들이 대신 말해라. 입속으로 웅얼거린다.

"안으로 들어가보세요."

솔미는 집을 소개하는 부동산업자처럼 말한다. 남자는 격렬하게 짖는 개들을 피해 철망 울타리로 다가선다. 개들은 이제 필사적이다. 거대한 맹수가 눈앞에 있는 것처럼. 남자는 닫힌 철망 문을 밀고 개를 피해 마당 안으로 들어간다. 집을 기웃기웃 둘러보더니 뒤쪽으로 돌아간다. 다시 앞으로 돌아온 남자는 현관문 손잡이를 돌린다. 문이 열리지 않자 유리창으로 안을 들여다본다. 사진을 몇 장 찍고 철망 밖으로 나간다. 개들은 짖기를 멈추지 않는다.

"잘 봤습니다."

남자가 고개를 숙인다. 솔미는 그 자리에 서서 꿈쩍도 하지 않는다.

*

솔미는 털실로 직접 짠 개 옷을 들고나온다. 수수, 우수, 미수, 양수, 가수 다섯 마리의 개들에게 차례로 입힌다. 개집에 담요를 씌워주다가 픽, 웃고 만다. 집을 빼앗기고도 속수무책인 개의 기분은 어떨까. 솔미가 개와 다른 점은 무엇인가. 그들의 목숨을 쥐고 있다는 것? 그 목줄을 나무둥치에 단단히 매고 풀어주지 않는다는 것? 개를 집안으로 들이지 않을 권리를 스스로 갖는다는 것? 그녀는 개들을 꼭꼭, 단단히 싸매고 돌아선다. 집으로 들어서자마자 화목난로 문을 연다. 재를 모으고 그 위에 장작을 던져넣는다. 주머니에 있던 쪽지도 장작 밑에 쑤셔넣는다. 가스레인지 스타터로 불을 붙인다. 난로 문을 닫고 불길이 살아나기를 기다린다. 불길을 멍하니 쳐다본다. 아무 생각도 하지 않으려 애쓴다.

노트북을 켜자 국립중앙박물관의 〈탕탕평평—글과 그림의 힘〉이 뜬다. 검색창에 리움을 친다. 새롭게 전시된 고인돌을 보며 코멘트를 읽는다. 몸의 죽음보다 사회적 죽음이 더 무섭다는 생각이 문득 든다. 죽음을 상징하는 유물은 시대와 권력자의 판단에 따라 다른 취급을 받았다는 글을 계속 읽는다. 채용공고가 열렸는지 살핀다. 없다. 사료 살 돈이라도 벌어야 하는데. 난로에 등을 대고 서서 솔미는 고민에 빠진다.

개 짖는 소리에 산이 컹컹 울린다. 바람이 울림을 싣고 달려

간다. 뿌연 창문을 수건으로 닦아내고 솔미는 들판을 내다본다. 마르고 싸늘한 들판. 삼한사온이라는 말은 이제 유효기간이 끝난 말 같다. 평균은 없고 죄다 극단을 오가고 있다. 오토바이가 다리를 건너온다. 우체부가 우체통에 편지를 무심하게 넣고 간다.

솔미는 날짜를 본다. 전기요금, 건강보험료, 통신비 등 온갖 청구서가 날아올 때다. 다달이 40만 원은 고정적으로 들어와야 하는데. 몸을 잔뜩 오그리며 솔미는 우편물을 꺼내 보고 고개를 갸웃한다. 수신인이 정솔미가 아니다. 선거위원장이었던 목사네 집으로 갈 편지가 이곳으로 배달된 것이다. 솔미는 우편물 내용을 꿰뚫어보기라도 할 듯 봉투를 앞뒤로 뒤집어본다. 한쪽에 깨알 같은 글씨로 민원 해결 통보라고 적혀 있다. 불법 견사를 철거하라는 민원을 냈다더니. 소문이 진짜였나? 편지를 우체통에 도로 집어넣는다. 수수의 등을 쓰다듬는다. 다른 날보다 일찍 정 할머니 비닐하우스로 간다.

반출 금지

알람시계를 본 지환은 눈을 번쩍 떴다. 밖이 환했다. 잠깐 존 것 같은데 8시가 넘어가고 있었다. 베개 옆에 떨어져 있던 휴대폰을 집어 메일부터 확인했다. 새로 들어온 건 없었다. 엄마가 사는 집의 CCTV와 연동된 앱을 켰다. 일단 상황을 먼저 살펴보고 그곳으로 출발할 생각이었다. 소나무 밑에 서 있는 강 여사의 모습이 잡혔다. 알루미늄 사다리를 소나무에 걸치고 있는 키가 크고 건장한 남자도 보였다. 저 남자가 배 사장인가. 강 여사와 남자는 나란히 서서 소나무를 바라보고 있었다.

　강 여사가 카메라 쪽으로 고개를 돌렸다. 심각한 표정으로 무슨 말인가를 하는 것 같았다. 지환은 CCTV와 연결된 오디오 볼륨 스위치를 여러 번 올렸다 내렸다. 지직거리는 잡소리만 커졌을 뿐 강 여사와 배 사장의 대화 내용은 들리지 않았다.

사이사이 개 짖는 소리, 바람 소리, 기계 소리가 끼어들었다. 생활 소음은 들리는데 정작 듣고 싶은 말은 들리지 않자 짜증이 올라왔다. 오디오를 업그레이드해야 하나. 꿍얼대며 3번 카메라를 클릭했다. 전송속도가 늦는지 화면이 멈췄다 다시 이어졌다.

잿빛 하늘이 보이고 뒷마당과 좁은 골목, 옆집 지붕이 보였다. 시커먼 구름 사이로 햇빛이 내비쳤고 소나무 몸통이 드러났다 사라졌다. 소나무 뒤쪽 제멋대로 흐드러진 덤불 밑에는 사나운 동물이 웅크리고 있을 것 같았다. 오늘따라 화면에 잡히는 풍경은 어딘지 음울하고 기괴했다. 비 예보가 있나. 지환은 날씨를 검색했다. 오후엔 천둥 번개를 동반한 비가 온다는 예보가 떴다. 강수확률은 50퍼센트였다. 올지 안 올지 모른다는 거네. 완벽한 데이터를 뽑아내기 위해 날밤을 지새우는 지환에게 그런 예보는 예보라고 할 수 없었다. 다시 앱으로 돌아가 1번 카메라를 클릭했다. 긴 전깃줄이 마당을 가르며 지나가고 있었다.

배 사장이 전선 끝에 달린 콘센트에 플러그를 꽂았다. 플러그는 전기톱에 연결되어 있었다. 전기톱은 생각보다 크고 위협적이었다. 플라스틱 투명 마스크를 쓰고 모자를 돌려 쓴 그는 전기톱을 들고 사다리를 올랐다. 사뿐한 발걸음만 보면 하늘로 올라가는 것 같았지만 지환의 눈에는 힘이 들어갔다. 사다리의 꼭대기 바로 밑 칸에서 멈춰 선 그는 두 발을 조금씩 움직여 중심을 잡았다. 전기톱을 두 손으로 고쳐잡고 울통불통한 소나무 몸통을 쳐다봤다. 조심스럽게 전기톱을 솔가지 끝에 댔다. 왱 소리와 함께 톱밥이 날렸고 솔가지가 마당에 툭 떨어졌다. 올려다보던 강 여사가 주춤주춤 뒤로 물러섰다. 소나무 밑에 작고 큰 솔가지가 어지럽게 포개지기 시작했다.

사다리에서 내려온 배 사장이 전기톱을 마당 한쪽에 내려놓고, 플러그를 뺐다. 가죽 벨트를 찼다. 벨트에 달린 여러 개의 주머니엔 각기 다른 크기의 전지가위가 꽂혀 있었다. 다시 사다리로 올라간 그는 전지가위로 잔가지와 솔잎을 잘랐다. 잡부로 보이는 남자가 바지를 추스르며 화면 안으로 들어왔다. 땅바닥에 있는 솔가지를 두 손으로 끌고 마당을 가로질러 갔다. 마당엔 가늘고 긴 선이 복잡하게 그어졌다. 선을 따라 곱게 먼지가 일었다. 남자는 솔가지를 철제 담장 옆에 쌓아놓고 물고 있던 담배꽁초를 던졌다. 지환이 눈을 부라렸다. 저러다 불이라도 나면 어쩌려고. 이상고온과 봄 가뭄이 6주째 이어지고 있었다. 작은 불씨도 위험했다.

옆집에 사는 여자가 챙 넓은 모자를 쓰고 마당으로 나왔다. 구부정한 자세가 돌덩이라도 지고 걷는 것처럼 힘겨워 보였다. 허리에 손을 짚고 강 여사네 소나무를 올려다봤다. 주머니에서 휴대폰을 꺼내더니 소나무 사진을 몇 장 찍었다. 아무 일도 없었다는 듯 담장 가까이 다가섰다. 옆집 여자를 본 강 여사가 손을 흔들면서 고개를 숙였다.

전지중이에요.

자잘한 솔가지와 솔잎이 떨어지는 모습을 지켜보는 강 여
사의 얼굴이 엄숙했다.

그 집 보물이라며. 저렇게 난도질해도 되나?

걸걸한 목소리로 얼마나 크게 소리쳤는지 오디오로도 여자
의 말이 들렸다. 지환은 오디오가 완전히 고장난 건 아님을 확
인했다. 오디오 볼륨을 다시 최대로 올리고 듣기에 집중했다.
여자가 담장 안에 쌓인 솔가지를 집어들었다. 이리저리 살펴
보더니 도로 던졌다. 솔잎 끝이 죄다 갈색이다, 병이라도 들었
냐고 물었다. 지환은 가는 신음을 뱉어냈다. 휴대폰을 귀에 대
고 있는 강 여사의 모습이 CCTV 화면에 잡혔다. 지환의 휴대
폰이 진동했다.

오고 있지?

강 여사의 목소리가 미세하게 떨렸다. 불안을 감지한 지환
은 아직 일어나지도 않았다는 말을 삼켰다.

금방 가요.

자기도 모르게 거짓말까지 하고 말았다. 얼마나 더 걸리느
냐는 강 여사의 질문은 못 들은 척했다. 운전 조심해서 오라는
당부와 함께 전화는 끊겼다. 지환은 이불을 걷어차고 일어나
침대머리에 등을 대고 앉았다. 끊긴 휴대폰에 대고 갑니다, 가
요, 어머니, 라고 뒤늦게 꿍얼댔다. 다시 앱을 열고 CCTV를 주

시했다. 잘린 솔가지가 수북이 쌓인 마당과 다람쥐처럼 소나무에 올랐다 내려가기를 반복하는 배 사장만 보였다.

한 달쯤 전이었다. 지환은 소나무 전지를 도급으로 맡겼다는 강 여사의 전화를 받았다. 착수금으로 10만 원을 줬다고 했다. 잘하셨어요. 건성으로 대답했다. 그때 지환은 미국 로스앨러모스에 있는 국립연구소에 지원 서류를 보내고, 인터뷰를 준비하느라 정신이 없었다. 도급으로 맡긴 건 시시콜콜 따질 필요가 없어서였어. 문제가 생기면 책임 소재를 따지기도 명확하고. 요즘 소나무 감염병이 돈다는 이상한 소문도 돌고 항공 방역까지 한다고 난리더라고. 강 여사의 길어지는 설명에 지환은 궁금하지도 않은 질문을 했다.

전지? 그게 뭐예요.

나무가 이발하는 거지.

다른 일은 없는 거죠?

하루 내려올 수 있니?

아파트를 지환에게 주고 허름한 단독주택으로 이사간 강 여사가 지환에게 하는 첫번째 부탁이었다. 내키지 않지만, 지환은 거절할 수 없었다. 그는 소나무만 챙기지 말고 강 여사의 건강도 챙기시라, 아프면 바로바로 알려라, 잘 드셔야 한다는 의례적인 걱정을 늘어놓고는 날짜를 물었다. 그러곤 잊어버렸는데 하필 오늘이라니. 새벽까지 영어 인터뷰를 본 지환은 기진맥진했고 자고 싶은 마음밖에 없었다.

소나무 세 그루는 강 여사의 아버지가 심었다고 했다. 50여 년을 내버려둬도 끄떡없이 자랐고, 소나무집이라는 별명까지 안겨주었다. 부모님이 돌아가시자 강 여사는 옆집 사는 김 씨에게 비어 있는 집 관리를 부탁했다. 그러나 간간이 집에 다녀올 때마다 그녀의 얼굴엔 편치 않은 기색이 어려 있었다. 그녀는 집이 방치되어 있다고 혼자 속상해했다. 그럴수록 추석이나 설에는 잊지 않고 선물을 보냈고, 김 씨가 부탁한 고추와 서리태, 참깨를 팔아주었다. 김 씨의 생일이나 아들의 결혼에는 약소하나마 빠짐없이 성의를 표했다. 줄수록 뭔가를 더 원하는 것 같다, 이사를 들어가든지, 집을 팔아야겠다고 간간이 소리 죽여 투덜댔다.

집 관리는 결국 중단되었다. 여동생 지영이가 조카와 뉴질랜드로 떠난다고 선포한 다음부터였다. 서른 중반을 넘은 지환보다 세 살 어린 지영은 아버지를 꼭 빼닮았다. 지환은 죽은 엄마를 닮아 지영과는 겉모습에서 성격까지 완전히 달랐다. 매사에 똑 부러지고 당찬 성격인 지영은 동생이지만 지환을 이겨먹었다. 아버지가 급성신부전으로 돌아가시자 둘의 사이는 더 멀어졌다. 공부도 못하면서 오빠 노릇만 하려 든다는 말을 들은 날, 지환은 아버지가 지영에게 사준 토끼 인형을 몰래 버렸다. 토끼 인형이 없으면 잠을 못 자는 지영은 울고불고 난리를 쳤고, 지환을 의심했다. 지환은 끝까지 아니라고 우겼다.

강 여사가 지영을 다독거린 덕분에 싸움은 커지지 않았다. 그 일 이후로 지영과 지환은 남처럼 데면데면했다.

뉴질랜드로 가겠다는 지영을 강 여사는 말리지 않았다. 잘 다니던 대기업을 그만두고 결혼하겠다고 말했을 때처럼. 너무 담담해서 지환은 강 여사와 의논이 끝난 일인 줄 알았다. 강 여사도 몰랐다는 사실을 나중에 알고 놀라움을 금치 못했다. 강 여사는 연줄을 놓친 아이처럼 두 손을 계속 만지작거렸으나 지영이 떠나는 날까지 섭섭한 내색은 하지 않았다.

지영이 떠나자마자 강 여사는 부모님이 살았던 집으로 이사갔다. 저랑 같이 사세요. 혼자 심심하잖아요. 지환의 만류는 먹히지 않았다. 새로운 곳에서 새롭게 살아보려고. 개도 한 마리 키울까. 주택에 살면 할일도 많아질 거야. 마당에 꽃밭도 만들고 무엇보다 소나무를 돌볼 수 있어서 마음이 놓여. 지환이 너도 독립할 나이가 지났고. 강 여사는 막무가내로 고집을 피웠다. 아파트는 내가 할일이 별로 없잖아. 관리비만 내면 알아서 다 해주니까. 이 나이 먹어서 두려울 게 뭐 있어. 남의 말을 하듯 토로하는 그녀의 말을 지환 역시 남의 말처럼 들었다.

강 여사는 소나무 세 그루에 온 정성을 쏟았다. 소나무는 골고루 키가 커서 아파트 2층 높이 가까이 컸고, 곧게 뻗은 몸통에 가지가 활달하게 뻗어 하늘을 받드는 형상이었다. 강 여사는 유튜브로 나무 기르기 동영상을 보았고, 도서관에서 『한국의 소나무』라는 책을 빌려 읽었다. 소나무 주변의 잡풀을 뽑고, 퇴비를 주었다. 봄이면 송홧가루를 쓸어모았고, 솔잎을 항아리에 담아 발효시켰다. 솔잎이 갈색으로 변할 때마다 막걸리를 뿌렸고, 송충이를 직접 잡았다.

소나무를 모시고 산다니까. 조경업자가 팔라고 할 때 팔아요. 돈이 꽤 될 거야.

옆집 여자가 들으라는 듯 큰 소리로 말했지만, 강 여사는 무시했다. 거리낌없이 표출하는 그녀의 말을 전부 귀담아들을 필요는 없었다. 과실수도 심어요. 소출이 있어야 기르는 재미도 있지. 따먹기도 하고. 떠보는 말에는 미소로 답했다. 강 여사가 사는 도시와 시골의 경계에는 보이는 게 나무였다. 봄이면 알아서 싹이 트고 꽃을 피우는 잡목이 지천이었다. 옆집 여자에겐 소나무도 잡목과 비슷한 나무일 뿐이었다. 소나무에 대한 강 여사의 속내까지 알 리 없었다. 사실 지환도 그들과 별반 다르지 않았다.

지환이 강 여사 집에 오디오 성능까지 갖춘 CCTV를 설치한 건 멧돼지가 도심에 출몰한 다음이었다. 편리함에 방점이 찍힌 거였으나 지환은 강 여사의 안전 때문이라고 둘러댔다. 여섯 대의 카메라가 각도를 달리해 집 주변을 비췄다. 감시당하는 기분이라 싫다고 강 여사는 짧지만 강하게 불만을 토로했다. 한동안은 두문불출하기도 했다. 지환은 그게 아니다, 산짐승보다 사람이 더 무서운 시대라고 우겼다. 강 여사는 한참만에 떨떠름한 표정으로 수긍했다.

휴대폰에 CCTV와 연동되는 앱을 깔고 나니 지환은 마음이 편했다. 와이파이가 터지는 곳에서는 언제, 어디서라도 강 여사 집을 들여다볼 수 있게 되었다. 키워준 공도 모르는 놈이라는 비난을 비껴갈 수 있었고, 자주 가진 못해도 신경쓰고 있음을 증명할 수 있었다. 지환이 CCTV를 볼 때마다 혼자 소나무 밑을 서성거리는 강 여사가 잡혔다. 소나무가 자랄수록 강 여사는 점점 왜소해졌는데 그럴 때마다 지환은 기분이 묘했다. 지영에게 밀려났던 자신을 보는 것 같았다.

지환은 앱을 끄고 휴대폰을 내려놓았다. 눈을 감고 화상 인터뷰를 복기했다. 예상치 못한 질문에 당황해서 버벅거렸던 기억만 났다. 세계적인 물리학자인 켄델 교수는 수수하고 인자한 외모였으나 질문은 날카로웠다. 준비했던 것도 다 말하지 못했어. 지환은 두 손으로 머리통을 감아쥐며 아쉬워했다. 동료들과의 인터뷰도 만족스럽진 않았다. 최종 면접까지 왔으니 지환은 반드시 미국 로스앨러모스 국립연구소로 가고 싶었다. 간절한 만큼 속이 탔고 입이 말랐다.

노트북을 켜고 지환은 구글 지도를 띄웠다. 로스앨러모스를 치고 들어갔다. 연구소는 해발 2천 미터가 넘는 고원지대에 있었다. 광활한 지역이 흐릿하게 처리되어 있었고, 하나의 번지에 속했다. 무려 자연보호구역이었다. 그러나 로스앨러모스는 맨해튼 프로젝트가 시작된, 그러니까 미국 최초로 핵폭탄을 제조한 곳이었다. 2만 번 이상 지하 핵실험이 이루어졌고, 지금도 지하 어디선가 핵실험을 계속하고 있다고 들었다. 최근 개봉한 〈오펜하이머〉 영화를 보고는 더욱더 가고 싶어졌다. 겉만 보면 모른다니까. 하긴 그게 매력인 거지. 중얼거리며 지환은 로스앨러모스, 산타페, 뉴멕시코를 검색하며 돌아다녔다. 혹시나 하는 마음에 메일을 다시 확인했다. 쓸데없는 광고 메일만 들어와 있었다.

차가 너무 막혀요. 출발도 하기 전에 강 여사에게 카톡부터 날렸다.

강 여사 집으로 가는 길은 왕복 2차선 지방도였다. 속도를 낼 수 없었으나 좁고 굽은 게 매력이었다. 흐릿하게 가라앉은 하늘이 앞유리창을 가득 채웠다. 멀리 보이는 산은 다양한 채도의 초록이 몽글몽글하게 모여 있었다. 부드러운 파스텔톤의 초록에 엷은 회색을 칠한 느낌이었다. 초록의 세계로 가고 있어. 지환은 저절로 기분이 좋아졌다. 놀러가는 사람들은 좋겠다. 나지막이 중얼대며 운전석 옆 창문을 내렸다. 이마를 스치는 바람이 시원했다.

이 길을 갈 때 강 여사는 어떤 기분이었을까. 고생과 불편함조차 기다려졌을까. 홀가분했을까. 지환은 알 수 없었다. 노래나 들을까, 하고 라디오를 켰다. 정오뉴스가 나왔다. 봄 가뭄으로 모내기를 못 한 지역에서 관정을 새로 판다, 소나무재선충이 백두대간까지 번졌다는 뉴스가 나왔다. 길이 심하게 꺾이는 지점에서 그는 속도를 줄였다. 고칠 곳이 한두 군데니. 무시하고 그냥 산다. 강 여사가 흘리듯 털어놓았던 고충이 떠올랐다. 그러나 거기까지였다. 로스앨러모스에 가기만 하면. 중얼거리며 지환은 음악에 맞춰 손으로 핸들을 두드렸다.

명목상은 모자지간이었지만 강 여사와 지환은 남이나 다름없었다. 내색하지는 않았으나 지환은 힘들었던 때가 적지 않았다. 사고를 친 건 지영이인데 야단은 지환이 맞았다. 못난놈. 네가 오빠잖아. 아버지는 언제나 지영이 편이었고, 강 여사는 그런 아버지를 말리지 않았다. 지영 역시 바득바득 대들었다. 주택으로 이사한 강 여사가 한동안 휴대폰을 꺼놓았을 때, 지환은 끝까지 따돌림받는 기분이었다. 1년 계약인 K연구소의 전환형 인턴 자리에서도 밀려나면 갈 곳이 없었다. 실험에 매달렸고, 수시로 연구원 모집 공고를 검색했다.

작년에 강 여사 집에 갔던 날이 생각났다. 앉은뱅이밥상에 앉아 성경을 필사하고 있는 강 여사를 보고 지환은 아연했다. 바쁜 사람을 귀찮게 할 일이 뭐가 있어. 모처럼 자유를 만끽하고 산다. 말은 그렇게 했지만, 강 여사는 눈에 띄게 핼쑥해져 있었다. 출애굽기를 하루에 한 장씩 쓰기 시작했다며 공책을 보여주었다. 줄을 맞춰 반듯하게 써내려간 날도, 삐뚤빼뚤 흐트러진 날도, 글씨가 유독 작은 날도 있었다. 공책을 한 장씩 넘길 때마다 강 여사의 하루가 지나갔다.

당분간 한여름 같은 고온이 이어질 거라는 뉴스를 듣는데 휴대폰이 울렸다. 다 왔어요. 전화를 받는 대신 지환은 속도를 올렸다. 터널을 빠져나오자 시야가 확 트였다. 길 양옆이 모두 논이고 밭이었다. 논둑을 따라 사람들이 분주하게 오고갔다. 진흙이 잔뜩 묻은 기계가 길가에 세워져 있었고, 아스팔트를 따라 주황색 비닐 호스가 길을 따라 이어지다가 어딘가로 사라졌다. 모내기를 마쳤는지 꼭지만 내민 여린 볏잎 위로 물이 찰랑거렸다. 물속에 하늘이 있었고, 구름이 떠다녔다.

지환은 강 여사의 집으로 들어가는 외길을 따라갔다. 비포장이라 길이 울퉁불퉁했다. 자갈을 누르며 바퀴가 구르는 소리를 들었을까. 가슴까지 올라오는, 멜빵바지 같은 노란색 비닐 옷을 입고 앞서가던 남자가 뒤를 보지도 않고 옆으로 비켜섰다. 목을 빼고 차안을 흘끗거렸다. 흙먼지가 그를 뒤덮었다. 미안해진 지환은 고개를 까닥 숙이고 속도를 줄였다. 멀리 소나무가 보였다.

차에서 내리는 지환을 보고 강 여사가 환하게 웃으며 손을 흔들었다. 봄볕에 까맣게 그을린 탓인지 그녀는 그렇지 않아도 마른 체구가 더 가늘어 보였다. 챙이 큰 모자를 씌운 나뭇가지가 움직이는 것 같았다. 고생했네. 길이 많이 막혔어? 강 여사의 물음에 지환은 도로가 주차장 같았다고 둘러댔다. 뭘 많이 심어놓으셨네. 뒷마당에 차를 세운 지환은 앞마당으로 갔다. 배 사장이 사다리를 타고 내려왔다. 플라스틱 마스크를 벗고 땀을 닦았다.

수고하십니다. 잘 부탁드립니다. 언제 끝날까요?

지환은 팔, 다리를 잘라버린 듯한 소나무를 올려다봤다. 절단 수술이라도 받은 것 같았다. 저렇게 잘리면 죽지 않느냐는 질문이 입안에서 맴돌았다. 서너 발작 뒤로 물러난 배 사장이 소나무를 물끄러미 올려다봤다. 굵고 부드러운 목소리가 귀를 쓱 핥으며 들어왔다.

전지는 급하다고 단숨에 해치우는 게 아니에요. 시간을 두고 모양을 봐가며 해야지. 소나무에 적응할 시간도 주고. 적어도 이틀은 더 걸려요.

말을 마친 배 사장은 소나무 가지를 유심히 살폈다.

아래 가지는 다 잘라버리세요.

강 여사는 여태 참아왔던 말을 내뱉는 것처럼 소리쳤다.

가지가 너무 없어도 보기 안 좋을 텐데.

지환은 혼잣말처럼 웅얼댔다. 소나무 가지를 잘라낸 곳에서 허연 액체가 흘러내리고 있었다. 지환은 액체를 손가락으로 눌렀다. 꼬들꼬들해진 액체가 손끝에 묻어났다.

우유 같죠? 송진이에요. 꾸둑꾸둑해진.

배 사장은 눈을 가늘게 뜨며 아는 척을 했다.

바로 굳네요.

지환이 손끝에 달라붙은 송진을 떼어냈다. 느닷없이 솔방울이 툭 떨어지면서 지환의 이마를 쳤다. 딱밤을 맞은 기분에 지환은 솔방울을 발로 꾹 밟았다. 부드럽게 밟혔다. 어쩐지 화를 낼 수가 없었다. 여리고 말랑하죠? 올해 생긴 씨앗이라 그래요. 전지할 땐 그런 솔방울도 따줘야 해요. 양분이 전부 그리로 몰리니까 그만큼 회복이 늦죠. 배 사장은 묻지도 않은 말을 했다. 듣는 둥 마는 둥 하며 지환은 휴대폰으로 메일을 확인했다. 기다리는 메일은 들어오지 않았다.

눈을 번쩍 뜬 지환은 휴대폰부터 찾았다. 5분 정도 졸았다고 생각했는데 한 시간 이상을 자버렸다. 머리를 긁적이며 일어나 물을 마셨다. 피곤하지? 채소즙 좀 마셔볼래? 치커리와 토마토, 셀러리를 갈아 만든 거야. 언제 들어왔는지 강 여사가 초록색 액체가 든 유리컵을 건넸다. 지환은 내키지 않았으나 한 모금 입에 물었다. 푸성귀에서 나는 비릿한 맛이 거슬렸다. 토할 것 같았으나 건강해지는 느낌이라며 유리컵을 내려놓았다. 다시 잡지 않았다.

손으로 입을 닦으며 지환은 앞마당으로 나갔다. 땅바닥에 무릎을 꿇고 앉아 찢어진 소나무 몸통을 들여다보던 배 사장이 손짓으로 지환을 불렀다.

여기 좀 보세요.

배 사장은 시커먼 구멍을 가리켰다. 감염이 꽤 진행된 것 같다며 고개를 갸웃했다. 바지 주머니에 손을 넣고 부석거리더니 담배를 꺼냈다. 피우겠느냐고 내밀었으나 지환은 사양했다. 담배를 입에 물고 배 사장은 손가락으로 구멍을 쿡쿡 찔렀다. 손톱으로 소나무 껍질을 벗겨내 앞뒤로 뒤집어가며 꼼꼼하게 살폈다. 잡부에게 드릴을 가져오라고 소리쳤다. 드릴로 소나무 몸통에 구멍을 냈다. 휴대폰 플래시를 켜고 구멍 안을 들여다봤다. 구멍에 손가락을 넣었다가 뺀 손끝에 묻은 흰 톱밥 같은 것을 문질렀다.

아무래도 감염된 것 같은데.

감염이라뇨? 뭐에 감염돼요?

담배에 불을 붙인 배 사장은 한 모금 깊게 빨았다. 연기를 뿜어내고는 언제부터 솔잎이 갈변하기 시작했느냐고 물었다. 지환은 어깨를 으쓱했다. 알 리가 있는가. 지환은 이곳에 살지도, 자주 오지도 않았다. 무엇보다 소나무엔 관심조차 없었다. 배 사장이 굳은 표정으로 아주머니가 아까 한 말이 맞다고 중얼댔다. 지환은 사태가 예사롭지 않음을 직감했다.

박카스를 들고 휴대폰을 보던 강 여사의 표정이 복잡해졌다. 박카스를 배 사장과 지환에게 건넸다.

무슨 일 있어요?

항공방제를 한 대. 노인정으로 와 저녁 먹으라는데.

시큰둥한 게 강 여사는 별로 반갑지 않은 눈치였다. 혼자 먹는 것보다 여럿이 먹으면 좋지 않아요? 생각 없이 말했다가 지환은 뒤늦게 실수했음을 알았다. 강 여사가 이곳으로 온 지도 2년이 넘어갔다. 그러나 지환과 그녀가 같이 밥을 먹은 횟수는 다섯 손가락으로 셀 수 있을 정도였다. 실험한다, 바쁘다, 피곤하다, 아프다, 공부한다, 워크숍에 간다, 여행 간다, 온갖 핑계를 대고 잘도 피해왔다. 굳이 올 것 없다는 그녀의 말에 기댄 것도 사실이었다. 뜨끔해진 지환은 화제를 돌렸다.

자고 갈까?

할말이라도 있니?

강 여사는 의심쩍은 눈길로 지환을 찬찬히 훑었다. 오랜만에 왔으니까 우리 강순임 여사와 캠핑 기분이나 낼까 하고. 요즘 캠핑이 대세인 건 아시죠. 지환의 너스레가 그녀는 싫지 않은 눈치였다.

네가 잔소리 좀 해. 배 사장이 내 말은 건성으로 듣는 것 같아. 자기는 나무를 사랑하는 사람이래. 돈 벌려고 전지를 하는 게 아니란다. 무슨 궤변이니. 받을 건 다 받으면서.

배 사장이 수액을 사러 나가자 강 여사는 품고 있던 말들을 쏟아냈다. 드디어 말문이 트였다는 생각에 지환은 내심 반가웠다. 그녀는 소나무 주변으로 백일홍 씨를 잔뜩 뿌려놨다, 여름에 오면 꽃이 한창일 거라고 신이 나서 말했다. 지환은 백일홍을 보러 올 수 없을지도 모른다는 말을 삼켰다. 입에 침도 바르지 않고 시간 내보겠다고 거짓말을 했고 다시 메일을 체크했다. 휴대폰을 뚫어지게 들여다보던 지환의 얼굴이 환해졌다.

가능한, 빨리 프로젝트에 합류하기를 바란다, J1비자 발급에 필요한 DS-2024 서류를 페덱스로 보내겠다는 메일이 도착해 있었다. 지환의 입이 벙긋 벌어졌다. 손가락을 까닥거리며 달력을 보았고, 출발 가능 날짜를 가늠했다. 그곳에서 보낸 서류 원본이 도착하려면 적어도 1주일에서 열흘은 걸릴 터였다. 비자 인터뷰부터 잡아야겠네, 비행기 예약하고, 사직서 내고, 아파트는 어떻게 하나? 로스앨러모스에 한국인 커뮤니티가 있는지도 알아보고. 지환은 옆에 있는 강 여사도 잊고 생각에 빠져들었다.

좋은 일 있어?

강 여사는 휴대전화를 들여다보는 지환의 어깨를 툭 쳤다. 눈 속엔 호기심이 가득했다. 얼굴 전체가 웃고 있다며 빨리 말하라고 재촉했다. 좋은 일이고, 간절하게 바랐던 일이었으나 지환은 선뜻 말할 수 없었다. 때마침 울린 강 여사의 휴대폰 진동이 지환을 구했다. 가봐야 하는 거 아니에요? 지환은 강 여사를 보며 물었다. 저녁은 너랑 먹어야지. 신경쓸 것 없어. 강 여사는 집안으로 들어가며 뚱하게 대답했다.

배 사장은 드릴로 소나무에 구멍을 뚫었다. 사온 수액을 잘린 가지의 우듬지에 걸고 주삿바늘을 구멍에 꽂았다. 약을 주입하긴 하는데 여차하면 소나무 세 그루를 밑동까지 잘라내 태워버려야 한다고 말했다. 전지가 필요 없었다는 거네요. 지환이 이마를 찡그렸다. 이상한 분위기를 눈치챘는지 강 여사가 무슨 일이냐고 물으며 다가왔다. 당황한 지환은 나무도 가

끔은 영양제를 맞을 필요가 있다고 둘러댔다.

늦었지만 새참으로 김치부침개나 낼까. 침울한 표정으로 서 있던 강 여사가 집안으로 들어갔다. 지환도 따라 들어가 툇마루에 걸터앉았다. 강 여사는 묵은지를 꺼내 물에 훌훌 씻었다. 묽은 밀가루 반죽에 김치를 송송 썰어넣고 부침개를 부쳤다. 배 사장과 몸집 좋은 남자에게 한 접시 내다주고는 앉은뱅이 밥상을 들고 와 지환 앞에 놓았다. 밥상에는 김치부침개와 간장종지, 막걸리와 백자로 만든 공기가 놓여 있었다. 강 여사는 지환 맞은편에 앉아 맛이 있으려나 모르겠다, 먹어보라고 말했다.

아직도 이 밥상 써요? 식탁 사드린다니까.

강 여사는 아니라며 손을 흔들었다.

나는 이게 좋아. 양은이라 가볍고 망가져도 아깝지 않고. 무엇보다 정들었고.

아무렇지 않게 말하면서도 그녀는 자꾸 눈을 끔벅거렸다. 눈도 망가지는 모양이라고 지나가듯 말하면서 막걸리 뚜껑을 돌려 가스부터 뺐다. 일하는 사람들에게 주려고 사놨는데 우리가 먹자며 백자 공기에 막걸리를 그득 따랐다. 막걸리까지 한 잔 마시니 지환은 온몸이 노곤해졌다. 운동화를 벗고 아예 툇마루에 올라앉았다. 벽에 기대 처마를 올려다보았다. 백색 시멘트 마감이 떨어져 서까래가 그대로 보였고 애자와 검은 전깃줄도 훤히 드러났다. 고장난 게 한둘이냐는, 무시하고 산다는 강 여사의 말이 생각났다. 지환은 먼 산으로 시선을 돌렸다. 산과 나무, 들판엔 벌써 어스름이 내려앉은 곳도 있었다. 밥상을 치운 강 여사가 바지춤에 손을 닦으며 지환 옆에 앉았다. 뭘 보느냐고 물었다.

여긴 가로등 없어요?

막다른 골목길에 가로등이 뭐 필요해. 방범등을 달아주라고 신청했는데 언제 달아줄지 몰라. 밤이 너무 밝으면 새도 동물도 나무도 잠을 못 잘 거 아냐. 달빛만으로도 환한데 뭐. 안 보이는 것도 나는 좋더라. 안 보이니까 잘 듣게 돼. 들어봐. 아주 작은 소리까지 다 들려. 나무들 숨쉬는 소리, 서로를 부르는 소리, 솔잎 사이로 바람이 빠져나가는 소리, 새들이 조는 소리까지 들린다니까.

거기까지. 지환은 강 여사의 말을 끊었다. 손을 잡고 손등을 쓰다듬었다. 혼자 지내시더니 이야기 만드는 재주가 생겼네. 우리 강순임 여사님. 입을 삐죽거리는 지환을 보며 강 여사는 검지를 입에 갖다댔다. 눈을 감고 들어봐. 어둠이 실어나르는 소리를 듣다보면 잠에 빠져들고, 깨면 아침이야. 진심이라는 듯 눈을 감은 채 말했다.

그걸 믿으라고? 그렇다면 정말 다행인데. 혼자 있어도 온갖 소리를 듣느라 무료할 틈이 없다는 거지? 내가 미국에 가도 문제없겠는데.

잠시 침묵이 흘렀다.

여행 가니?

강 여사는 어디로 가느냐, 며칠이나 있다 올 거냐, 혼자 가느냐, 여럿이 같이 가느냐고 한꺼번에 좌르륵 물었다.

로스앨러모스라고 미국 남부에 있는 도시에 세계적인 연구소가 있어요. 그곳으로 가게 됐어요. 연구비에 체재비 지원까지 받고.

그래? 잘됐네.

강 여사는 어둑어둑해진 앞마당을 보며 무심하게 대꾸했다. 막걸리를 마저 마시고는 일어섰다. 배고프지? 된장찌개 끓여줄게. 강 여사의 목소리는 축축하게 젖어 있었다.

배 사장이 지환에게 다가왔다. 일단 전지는 중단했다, 잡부 일당을 줘야 한다며 잔금 이야기를 꺼냈다. 계약은 강 여사와 한 게 아니냐고 물으면서도 지환은 잔금을 줘야 할지 고민되었다. 저녁밥을 준비하던 강 여사가 나왔다. 배 사장을 보고 마무리는 언제 하느냐고 물었다. 배 사장은 아직도 말하지 않았느냐는 표정으로 지환을 흘끗 보았다. 지환은 강 여사를 외면한 채 엉겁결에 말을 내뱉었다.

소나무를 잘라내야 할지도 모른다고 어떻게 말해요.

무슨 말이니?

그게. 소나무가 암에 걸린 것 같아. 치료약이 없다는데.

강 여사의 얼굴이 석고상처럼 굳었다. 믿지 못하겠다는 표정으로 소나무를 올려다보는 그녀의 꼭 쥔 주먹이 떨렸다. 입술을 깨무는 모습이 터져나오려는 울음을 참는 것도 같았다. 허둥대는 눈동자를 감추려 눈까지 내리깔았다. 아니. 우리집 소나무는 아니고, 라고 말하고 싶었지만, 지환은 아무 말도 하지 못했다.

마당에 떨어진 솔가지와 솔잎은 치우지도 않은 채 배 사장은 1톤 트럭에 올라탔다. 시동을 걸었다. 솔가지를 모두 싣고 가야죠. 마당도 깨끗이 치워놓고요. 잔금의 반을 지불한 지환은 엉뚱하게 배 사장에게 목소리를 높였다. 배 사장은 난처한 표정을 지었다.

소나무는 함부로 이동할 수 없어요. 이동 신고부터 해야 하는데 여기가 위험지역으로 지정됐어요. 그래서 마을회의도 하는 거 같던데.

마무리는 내일 하겠다며 배 사장은 지환이 내일도 집에 있는지 물었다. 지환은 입을 다물었다. 흙먼지를 일으키며 골목을 빠져나가는 트럭을 멍하니 쳐다보았다.

이른봄에 캐냈다며 강 여사는 냉이된장찌개를 끓였다. 지환이 좋아하는 검은콩을 듬뿍 넣은 돌솥밥을 지었다. 지환은 벽에 등을 대고 앉아 시커멓게 변해가는 산을 보고 있었다. 어느 순간에 산이 사라졌다. 산밑의 집도, 길도 보이지 않았다. 눈앞이 온통 검은 덩어리로 바뀌었다. 여긴 금방 어두워진다니까. 강 여사가 알전구를 켜고 밥상을 툇마루로 내왔다. 우리집 된장이야. 아직도 뽀글거리며 끓는 뚝배기를 지환 앞으로 밀었다. 얼마 만의 집밥이냐며 지환은 된장찌개부터 덥석 한 숟가락 떠먹었다. 너무 뜨거워서 뱉어내고 말았다. 입천장을 데었으나 내색하지 못했다.

이맘때가 제일 좋아. 모기도 아직 없고, 파리나 날벌레도 성하지 않고. 습기가 없는데다 너무 춥지도 덥지도 않거든. 근데 미국 어디라고 했지?

강 여사는 지환을 보지도 않고 물었다.

미국 남부에 있는 작은 도시야. 로스앨러모스라고. 한국에선 아직 직항이 없어요. 거기는 거의 연구원과 연구원 식구들만 산대. 말 그대로 연구도시인 거지.

지환의 목소리는 설렘으로 떨렸다. 그렇구나. 장하다. 강 여사의 목소리는 내려앉는 어둠처럼 무거웠다. 많이 먹으라면서도 정작 본인은 숟가락도 들지 않았다.

정말 자고 갈 거니?

앉은뱅이밥상을 치우며 강 여사가 물었다. 그럼. 지환은 선심이라도 쓰듯 대답했다. 그 말을 듣자마자 강 여사는 이불과 요를 챙기고, 베개를 꺼내느라 부산을 떨었다. 대충하세요. 연구실에선 의자에 앉아서 쪽잠도 자요. 실험하면 밤샘을 밥 먹듯이 하거든요. 이불을 받으며 지환은 마음 한구석이 찌릿했다.

잠자리에 들었으나 지환은 잠이 오지 않았다. 얼룩 자국이 길게 이어진 천장을 보았다. 병에 걸렸다는 말에 주먹을 쥐고 떨었던 강 여사를 생각했다. 밤 뻐꾸기가 우는 소리가 유독 구슬프게 들렸다. 다음엔 개구린지 두꺼비 소리, 개 짖는 소리, 정체불명의 잡소리도 들렸다. 강 여사가 말했던 소리는 하나도 들리지 않았다.

슬그머니 일어난 지환은 시간을 확인했다. 자정을 막 넘긴 시간이었다. 한지를 붙인 격자문을 조심스럽게 열고 마루 건너에 있는 방을 살폈다. 불은 꺼져 있었고 기척도 없었다. 가만히 문을 닫은 지환은 가방에서 메모지를 꺼냈다. 마무리할 일이 많아서요. 출국 전에 다시 올게요. 메모지를 이불 위에 놓고 방안을 휘 둘러보았다. 슬그머니 밖으로 나갔다.

산도 나무도 길도 검은 덩어리로 한데 뭉쳐져 있었다. 지환은 강 여사가 밤마다 내다보았을 그 어둠 덩어리를 오랫동안 응시했다. 싸늘해진 밤공기를 깊게 들이쉬고 내쉬었다. 몸속을 이곳 공기로 가득 채우기라도 할 것처럼. 운동화를 신으며 강 여사의 방을 오랫동안 보았다. 휴대전화 플래시를 켜고 가만가만 소나무 밑으로 갔다. 수액을 맞고 있는 소나무를 손으로 툭툭 쳤다. 뒷마당으로 가 차에 올라탔다. 어둠을 밝히며 도시로 달렸다.

아파트로 돌아온 지환은 커피를 내렸다. 초콜릿이 박힌 쿠키와 커피를 마셨다. 인터뷰 준비를 하느라 밀어놓았던 일들을 마무리지어야 했다. 로스앨러모스 연구소에서 일하는 동안 박사과정으로 들어가지 못하면 K연구소로 돌아올지도 몰랐다. 일 하나는 확실하게 처리한다는 인상을 남기고 싶었다. 책상에 앉아 노트북을 켜고 시작 화면에 뜨는 바위산을 보며 비번을 입력했다. 로스앨러모스에서 온 메일을 인쇄했다. 휴대전화에 일정을 꼼꼼하게 저장하고 알람 설정도 했다. 밀렸던 일들을 하나씩 처리해나갔다. 어깨가 뻐근했다. 스트레칭이라도 할까 생각하다 강 여사 집에 연결된 CCTV 앱을 켰다.

산과 들판, 나무들의 경계가 흐릿하게 드러났다. 나무 사이로 뿌연 빛이 쏟아져 어둠을 걷어내고 있었다. 소나무 밑에 희미한 형상이 보였고, 움직임이 잡혔다. 강 여사인 듯했다. 지환은 고요를 깨는 소리에 집중하다보면 잠이 든다는 말이 생각났다. 강 여사는 지환이 문 여는 소리, 마당을 밟고 지나는 소리, 자동차 시동을 켜는 소리, 바퀴가 굴러가는 소리를 다 들었을 터였다. 지환은 휴대폰 액정을 쓰다듬은 후 강 여사의 움직임에 집중했다.

강 여사는 소나무에 달려 있던 수액병을 거둬내 옆으로 내려놨다. 집안에서 작은 플라스틱통을 들고나왔다. 플라스틱통 뚜껑을 열고 수액이 들어갔던 소나무 구멍에 무언가를 부었다. 저게 뭐지? 궁금했으나, 지켜보는 것 외에 지환이 할 수 있는 것은 없었다. 액체를 다 부은 강 여사는 두 팔을 벌려 소나무를 감싸안았다. 얼굴을 나무에 대고 한참을 서 있었다. 앞마당에 나뒹굴고 있는 솔가지와 솔잎을 멀찌감치 던졌다. 배 사장의 1톤 트럭이 마당으로 들어왔다.

화면에서 사라졌던 강 여사가 손에 무언가를 들고 나타났다. 길쭉하게 생긴 것이 음식점에서 쓰는 토치 라이터 같았다. 소나무 밑으로 다가갔다. 토치 라이터를 액체를 부었던 구멍에 집어넣었다. 연기가 뿌옇게 퍼져 화면을 가렸다가 갑자기 붉어졌다. 지환이 의자에서 벌떡 일어섰다. 다급하게 강 여사에게 전화를 걸었다.

북극과 양파

아버지는 털모자와 고글을 쓴 사람들 사이로 비척거리며 걸어왔다. 어묵꼬치, 핫바, 핫초코를 파는 포장마차, 북극 앞까지 와서는 머리카락과 어깨에 쌓인 눈을 털고 발로 바닥을 탁탁 내리쳤다. 차르랑 소리를 내며 눈바닥에 뾰족한 족흔을 남기는 아이젠을 풀어 가판대 밑에 던졌다. 북극한파가 몰아쳐 체감온도가 영하 20도를 밑돌았고, 눈까지 오는 밤이었다.

북극은 해발 5백 미터가 넘는 중상급자 슬로프 정상에 있었다. 손수레 형태의 가설물인 북극 주변엔 주목이 빼곡하게 심겨 있었다. 일종의 바람막이인 셈이다. 리프트 스테이션에 연결된 철끈과 반대편 바닥에 꽂힌 철끈이 북극을 단단히 당기고 있었으나 강풍이 불 때면 지붕이 들썩였고 차양이 펄럭였다. 눈덩이가 뭉텅 떨어지고 가판대가 삐걱대는 일은 예사였다.

걸어오신 거예요?

칠십을 훌쩍 넘긴 아버지의 대책 없는 무모함에 내 목소리
는 갈라졌다. 평정심을 잃지 않으려고 애썼으나 쉽지 않았다.

오토바이를 수리 맡겼다. 1주일이나 기다리라네.

평생을 추운 지방에서 몸을 쓰며 살아온 아버지는 어묵통
위로 손을 쫙 펴들고는 곱은 손을 녹였다. 마지막 마디가 없는
오른손 검지의 고무 골무를 당겨 끼웠다. 저건 뭐냐? 북극 뒷
벽에 설치된 비닐 터널을 가리키며 물었다. 몰라서 묻는 게 아
님을 나는 알았다. 입을 다문 채 아버지를 주시했다. 삭은 고무
찌꺼기가 어묵 국물에 떨어질까봐 조바심이 났다.

아버지의 눈가 주름이 깊어졌다. 북극 안에서 얼쩡거리는
선민을 여러 번 흘낏거린 다음이었다. 누군지 궁금하긴 한데
섣불리 묻지 못하는 눈치였다. 저 선민이예요. 빨간대문집 둘
째. 아버지는 깍듯하게 인사하는 선민을 빤히 보았다. 선민이?
라고 되물었다. 눈가 주름이 서서히 펴졌다. 니가 오식이 둘째
냐? 고개를 앞으로 내밀어 선민의 얼굴을 찬찬히 살폈다. 놀라
움과 부러움이 뒤섞인 표정이었다. 훤해졌다고, 길에서 만나
면 몰라보겠다고 말했다.

내가 눈이 어둡다. 이해해라. 스키 타러 온 게로군. 하긴 스
키장은 도시 사람들 놀이터지. 눈에서 미끄러지려고 기를 쓰
고들 오는구나. 회사 사람들하고 왔냐? 북적북적한 게 오랜만

에 사람 사는 동네 같아 좋다. 아버지는 건강하시지?

네. 별일 없으셔요.

집에 간 지 1년이 넘었다더니 선민은 아무렇지도 않게 거짓말을 했다.

둘의 대화를 들으며 나는 종이컵에 어묵 국물을 떠 담았다. 뜨끈해요. 속이 풀릴 거예요. 김이 모락모락 올라오는 종이컵을 아버지에게 내밀었다. 괜찮다. 아직은. 아버지가 손을 내저었다. 그 손이 종이컵을 건드렸고 뜨거운 어묵 국물이 쏟아졌다. 나는 종이컵을 그대로 떨어뜨리고 말았다. '괜찮다'가 무슨 뜻인지 석연치 않았으나 묻지 않았다. 대신 리프트를 타고 내려가라고 말했다.

슬로프를 걸어올라오시면 어떡해요. 역주행하신 거잖아요. 스키 타는 사람하고 부딪치면 끝장이에요. 아세요?

패트롤에게 발각되면 강제 하산해야 한다고 내친김에 쐐기까지 박았다. 아버지에게 빌붙어 사는 나로서는 흐지부지 넘어갈 수 없는 지점이었다. 슬로프에서 구르기라도 하면, 스키어와 부딪쳐 다치기라도 하면 어쩔 것인가. 아버지를 걸으라고 내몬 것도 아닌데 아들인 내게 화살이 돌아올 게 뻔했다. 숙주가 위험에 빠지지 않도록 챙기는 것은 기생자의 주요 임무였다. 오래도록 공생하고 싶으니 최소한 그 정도는 해야 했다.

신경쓰지 마라. 내려가지 않을 거다.

아버지 나이쯤 되면 이런 식으로 농담을 하나. 아버지는 몸도 정신을 차려야 한다며 종일 서 있는 내게 걸으라고 종용했다.

몸이 정신을 차린다는 건 또 무슨 말인가. 외국어로 대화하는 것도 아닌데 아버지와는 말이 안 통했다. 둘 다 자신의 방식대로만 말하고, 자신의 방식대로만 해석하니 당연했다. 나는 중지와 약지로 관자놀이를 지그시 눌렀다. 머릿속에 괴어 있는 부아가 가라앉길 바랐으나 소용없었다. 투명 유리병에 올려놓은 양파를 반듯하게 정돈하면서 마음을 추슬렀다. 어묵봉지를 꺼내 윗부분을 가위로 쭉 잘랐다. 봉지 양끝을 두 손으로 잡고 흔들다가 네모난 쟁반 위에 엎었다. 어묵이 와르르 떨어졌다.

빈 파이프 모양의 어묵을 집었다. 빈 곳에 게맛살을 집어넣었다. 3센티미터 간격으로 썰어 긴 꼬치에 꿰었다. 공, 물고기, 별 모양의 작은 어묵들도 집어들었다. 꼬치에 하트 모양으로 썰어놓은 당근과 번갈아가며 꽂았다. 연인들에게 인기 최고인 꼬치였다. 얇은 직사각형 어묵은 꼬치에 꿰어 물결무늬를 만들었다. 모양이 조금 기묘했지만 나름 재미있었다. 다음엔 업그레이드된 어묵 꿰기에 도전해도 될 법했다. 내 손놀림을 보고 있던 아버지는 그 손으로 뭘 하겠나 싶었는데, 라며 턱을 쓰다듬었다.

뒷짐을 진 채 아버지는 눈바닥에 얼어붙은 양파망을 발로 쳤다. 꿈쩍도 하지 않는 양파망에 대고 이게 왜 여기 있느냐고 꿍얼댔다. 이러니 앞으론 남고 뒤론 밑지는 거다, 근거 없는 잔소리를 쏟아내고는 고개를 돌렸다. 가판대 앞을 스치듯 미끄러져가는 스키어, 보더들과 눈을 맞추려고 애쓰며 실없이 웃었다. 자연설이 최곱니다. 하늘이 도와주네요. 누구도 듣지 않는 말을 내뱉었다.

맨날 이러냐.

근심이 촘촘하게 들어찬 아버지의 목소리가 눈발처럼 흩날렸다.

날마다 달라요. 매상에 연연하지 말라면서요.

나도 모르게 쏘듯이 말이 나갔다.

말이 그렇다는 거지. 망하려고 떼돈 들이는 놈 봤냐. 네놈의 머릿속에는 도대체 뭐가 들었어?

또 시작이다, 싶어 나는 소변을 보겠다는 핑계를 대고 북극 뒤로 돌아갔다. 담배를 물고 벽에 기대서서 눈 덮인 계곡을 내려다보았다. 어디가 하늘이고 계곡인지 분간할 수 없었고 공간 가득 떠다니는 눈송이만 보였다.

북극 임대권을 따냈던 날이었다. 아버지는 벼락부자라도 될 것처럼 들떠 있었다. 지역사회 상생 프로젝트라도 아무나 따낼 수 있는 게 아니라고 말했다. 말속엔 뿌듯함이 꽉 차 있었다. 보증금도 선납했다며 은근히 재력까지 과시했다. 전직 이장이었던 아버지는 마음먹은 일은 앞뒤 가리지 않고, 싸움까지도 불사하면서 밀어붙였다. 추진력이 있다는 칭찬과 강압적이라는 비판을 동시에 들었다. 아버지는 그러니까 능숙하게 경계를 넘나들며 자기 몫을 챙기는 데 뒤지지 않는 사람이었다. 이번에는 슬로프에 쏴대는 인공눈을 물고 늘어진 눈치였다. 인공눈이 날아와서 출하를 앞둔 시금치가 동해를 입었다고. 스키장 측이 못 이기는 척 져준 거였다.

아랫마을에 사는 오식이 아저씨가 들어왔다. 문을 닫으면서 마른기침을 했다. 형님은 좋겠다고, 죽는 놈과 사는 놈은 따로 있다고 툴툴거렸다. 당겨쓴 농협 돈도 갚아야 하고, 찢어진 비닐하우스에 비닐도 다시 쳐야 하고, 삐거덕거리는 관절에 침도 맞으려고 했는데, 라며 돈 걱정을 했다. 그는 억울해 죽겠다는 표정이었다. 아버지와 같이 포장마차 임대 신청을 했다 떨어진 게 아무래도 분한 듯했다. 선민이는 바쁘다는 핑계로 코빼기도 안 비친다며 나를 슬쩍 쳐다보았다. 네가 효자다. 뜬금없는 효자 타령을 하고는 소주나 내오라고 재촉했다.

북극은 환기가 할 거야.

불콰해진 아버지의 느닷없는 선언에 나는 어리둥절했다. 소주 두 병에 북극을 내놓다니. 분명 이건 고도로 기획된 헛소리였다. 아니면 아버지의 주량이 현저하게 줄었거나, 소주의 알코올 농도에 문제가 있는지도 몰랐다. 리프트나 곤돌라를 타야 한다는 말에 기가 꺾였을지도 몰랐다. 최근 고소공포증이 도져 엘리베이터도 못 타겠다더니 정말인가보았다.

스키는 주로 젊은이들이 타러 오잖냐.

듣고 보니 틀린 말은 아니었다. 그러나 방에서 수경재배하는 양파를 들여다보는 생활에 나는 만족했다. 무능력도 능력이라 믿으며 식물처럼 고요히 살기를 바랐으나 선택권은 없었다. 순간, 독립할 수 있는 마지막 기회일지도 모른다는 생각이 퍼뜩 들었다. 스키장 밑에 원룸을 얻어달라는 조건을 내걸었다. 집 놔두고 원룸이 왜 필요하냐는 말을 들을 줄 알았다. 그러나 내 제안은 단박에 수용되었다. 돌다리도 다시 한번 두드리는 심정으로 인맥, 장사 수완, 인지도를 들먹이면서 적임자는 아버지라고 추켜세웠다.

그럼요. 환기가 뭘 알아요.

오식이 아저씨가 옆에서 거들었다. 고마웠으나 나는 슬그머니 기분이 상했다.

결국 나는 북극으로 올라갔다. 리프트에 앉아, 높이 오를수록 공기의 순도가 달라지는 걸 느꼈다. 바람의 세기도 확연히 차이 났다. 물론 기온도 조금씩 떨어졌다. 멀리서 볼 때는 그저 희구나 싶었는데 가까이서 보는 눈 색깔은 다 달랐다. 중간에 리프트를 갈아타면서는 아버지의 심정을 어렴풋이 알 듯도 했다. 상층을 오르내리는 리프트는 자주 흔들렸다. 흔들리는 리프트에 앉아 발을 디딜 곳은 허공뿐이었다. 불안함을 떨칠 수 없었다.

사방이 뚫린 북극에 나는 벽부터 만들었다. 눈폭풍을 피하기 위해서였다. 정면은 열린 상태로 두고, 나머지 삼면은 합판으로 막았다. 뒤쪽 벽엔 특별히 합판을 한 장 더 대고 삼단선반까지 달았다. 벽과 선반 사이 모서리에는 열선을 깔았고, 선반 위엔 개폐식 미니 터널을 꾸렸다. 북극 안의 온도가 일정 온도 이하로 떨어지지 않게 하려는 고육지책이었다. 몇 차례 나눠 들고 올라간 유리병과 양파를 꺼냈다.

유리병을 선반 위에 놓았다. 아흔아홉 개의 양파를 유리병 위에 가지런히 올려놓았다. 진열된 양파마다 모양과 크기, 자란 뿌리의 길이와 두께가 제각각이라 삶의 각 단계를 보여주는 설치작품처럼 보이기도 했다. 양파의 초록 잎은 흰색뿐인 주변에 생동감을 주었다. 투명한 유리병 겉면에 빼곡하게 적힌 양파의 이력도 그럴듯해 보였다. 북극은 양파 연구소라 해도 손색이 없을 정도였다. 실험기기 대신 소소한 식기들과 어묵통이 놓였지만 말이다.

스키어들 사이에서 북극은 꼭 가봐야 할 곳으로 소문이 났다. 양파를 배경으로 찍은 셀카를 인스타에 올린 스키어 때문이었다. 그녀는 해시태그를 북극, 양파, 어묵으로 걸었고 유리병 위에 올린 양파를 화살표로 강조했다. 어디일까요? 질문 한 줄에 팔로워들이 몰려들었다. 앞다퉈 양파를 배경으로 인증 숏을 눌러댔다. 양파 앞에서 내가 무슨 일이냐고 묻자 좀 비켜 달라는 말만 들었다. 양파보다도 주목받지 못한 나는 그날부터 진정한 배경이 되었다.

인스타가 사람을 바꾸는군. 선민은 코를 벌름거리며 빈정 댔다. 너도 어지간하다, 아직도 양파를 키우냐, 미친 거 아냐, 라고 말했다. 듣기 거북했다. 미쳤나보지. 그의 충혈된 눈동자를 빤히 보고 대답했다. 알아서 일거리를 물어다주는 아버지라니. 금수저가 따로 있는 게 아니라는 그의 말엔 콧방귀를 뀌었다.

사랑받고 싶습니까. 북극으로 오십시오.

느닷없이 선민이 감격한 표정으로 외쳤다. 기발한 카피 아냐? 차별화 전략, 그러니까 수경재배를 강조해서 깔끔함을 각인시키는 거지. 깔끔한데다 맵싸하고, 달콤한 맛까지 첨가된 사랑. 이거 대박 냄새가 나는데. 선민은 어묵 한 꼬치, 양파 한 개에도 사랑 이미지를 녹여내는 마케팅 기법이 필요하다고 떠벌렸다. 프랜차이즈 사업을 시작하는 건 어떠냐고까지 했다.

나는 눈을 끔벅이며 그를 보았다. 구름 잡는 일만 하고 살았나? 겨울 한철 장사인 줄 모르나? 게다가 어묵 파는 포장마차는 어디에나 있었다. 나는 그의 번들거리는 이마를, 가는 눈을, 날렵한 입술을 차례로 훑었다. 하나도 안 변했네. 사기치지 마. 인마. 더는 안 당한다고 면박을 주려다 참았다.

양파 껍질이 몇 겹이지? 갑자기 심각한 척하며 선민이 진지하게 물었다.

양파 껍질은 공식적으로 아홉 겹이야. 그렇지만 어디를 자르느냐, 어떻게 자르느냐에 따라 달라지.

양파 껍질을 세로로, 가로로, 엇비슷하게, 뿌리만, 꼭지만 자르고 토막을 내본 나는 자신 있게 대답했다. 선민은 별걸 다 안다는 표정으로 눈을 찡그렸다.

나도 묻자. 양파는 왜 키우냐?

아버지까지 가세했다. 하루이틀 키운 것도 아닌데, 새삼스럽게 태클을 걸다니. 양파는 나의 또다른 가족이었다. 같이 있는 것만으로 힘이 되고, 존재감을 뿜어내는. 그러니까 내게 양파는 대량 재배해서 대량 소비하는 그런 채소가 아니었다. 그렇다고 평생 농사를 지어온 아버지에게 양파는 나의 반려식물이니까요, 라고 말할 수는 없었다. 그냥요. 내가 생각해도 무책임하게 대답했다. 아버지가 나를 히뜩 쳐다보았다. 그 눈빛은 헛짓 좀 작작 해라, 답답해 미치겠다고 말하고 있었다. 그러나 정작 속이 터지는 사람은 나였다.

그때도 나는 피멍이 들도록 손톱으로 손바닥을 찔렀다. 비닐하우스에서 일하던 엄마가 쓰러졌다는 사실만 일치하고 마을 사람들의 말은 같지 않았다. 그들은 무덤덤한 얼굴로 내 머리를 쓰다듬거나, 구급차가 늦게 왔다거나, 헛기침만 하거나 했다. 초등학교 1학년이었던 나는 집밖에서 빙빙 돌았다. 혹여 엄마에게 데려다주지 않을까, 마을 사람들의 눈치를 살폈다. 똥개처럼 쓰레깃더미를 헤집다가 양파를 집어왔다. 엄마는 물이 든 유리병 위에 양파를 올려놓곤 했었다. 나중에 엄마는 식물이 되었다는 말을 들었다. 30여 년 전의 일이었다.

나는 빈 플라스틱 소주병을 반으로 잘라 물을 채웠다. 양파를 그 위에 얹어 부엌에 두었다. 생각날 때마다 물을 주고 만져 줬다. 초파리가 날아다녔고 시큼하고 쿼쿼한 냄새가 났다. 하도 많이 만지작거려서인지 나에게서도 썩는 냄새가 났다. 양파와 나를 착각할 정도로. 물컹하게 문드러진 양파를 버리려던 나는 손톱만한 어린잎을 발견했다. 들여다보며 감탄하는 순간 머리통을 얻어맞았다. 내다버려. 아버지의 불호령에 반사적으로 양파를 움켜쥐었다. 가방에 넣었다. 그대로 학교에 갔다. 같은 반이었던 선민은 귀신같이 냄새를 맡았다. 내 앞에서 보란듯이 양파를 꺼냈고 공처럼 발로 찼다. 으스러진 양파를 보고 낄낄댔다. 양파는 껍질을 벗겨도 양파냐고 물었다. 양파가 네 머리통처럼 생겼다고 할 때는 정말이지 한 대 칠 뻔했다. 그러나 참았다. 머리통을 맞아 아찔한 기분을 알았으니까.

피하세요, 라고 말할 틈이 없었다. 자기 몸체만한 보드에 올라탄 학생이 아버지에게 돌진했다. 초보자인데 리프트에서 내리면서 중심을 잃은 모양이었다. 학생은 아버지 바로 앞에서 급하게 직각 턴을 했다. 눈이 뭉쳐 튀었다. 보드가 뒤집히고 학생이 넘어졌다. 놀란 아버지는 제풀에 나자빠졌고, 뒤따라오던 학생들도 뒤엉키며 쓰러졌다. 북극 앞은 순식간에 아수라장으로 변했다. 학생들이 내뱉은 외마디 비명, 낄낄거림, 짜증

섞인 욕설이 뒤섞였다. 도끼눈을 한 아버지가 그들에게 호통을 쳤다. 아버지는 자신이 스키어가 지나는 길목을 막고 있었던 것을 몰랐다.

넘어졌던 학생들이 하나둘 일어섰다. 언제 넘어졌냐는 듯 태평하게 눈을 털었다. 누군가 배고프다고 외쳤고 누군가가 어묵이나 먹고 가자고 소리치자 우르르 어묵통 앞으로 몰려왔다. 앞다퉈 어묵꼬치를 하나씩 집었다. 어묵통에서 솟아오르는 김과 그들의 입김이 뒤섞였다. 온기가 사방으로 번져나갔다. 내리는 눈도 녹일 것 같았다.

야야. 저기 저 양파 봐라. 존나 많다. 너 양파 먹냐? 난 안 먹어. 저게 그 인스타에 있던 그 양파 맞냐? 근데 여기 어묵 좀 비싸다. 정상이라서 그런 거야. 것도 모르냐? 나 돈 안 가져왔는데 니가 좀 내주면 안 되냐? 너 먼저 내려가라. 중간에 넘어져도 나 찾지 마. 봐도 모른 척할 거다. 너 오늘 심야도 탈 거냐?

북극 앞에는 학생들이 뱉어낸 흥분이, 들뜬 무모함이, 넘치는 활력이 눈과 함께 분분히 흩날렸다. 나는 그들을 멍하니 바라보았다. 나도 저렇게 즐겁던, 말랑거리던, 두렵지 않던 시절이 있었나? 그들에게서 뿜어져나오는 활기가 내게는 지독히도 생소했다. 운이 좋아 선물로 받아도 어떻게 사용할지 난감한 사치품 같았다.

밤이 깊어지자 기온이 급강하했다. 나는 바빠졌다. 양파 사진을 찍고, 양파 일기를 쓰려면 무엇에도 방해받지 않는 나만의 시간이 절대적으로 필요했다. 바로 시작해도 빠듯했다. 먼저, 사과나 배를 싸는 그물 모양 스티로폼으로 양파를 감싸줬다. 물이 얼지 않도록 선반 바닥에 깔아놓은 열선을 켰다. 오늘밤엔 비닐 터널도 담요로 덮어야 할 것 같았다. 곰팡이병에 걸렸는지 일일이 확인하고, 얼거나 썩었거나, 병든 껍질을 잘라내는 것도 소홀히 할 수 없었다. 그러나 선민이 걸렸다. 보드를 타러 왔다면서 그는 북극 주변만 어슬렁거렸다.

숙소는 어디냐, 보드는 안 탈 거냐, 지금 슬로프 상태가 최상이다, 나는 선민에게 눈치를 주었다. 사업 구상중이거든. 퇴사하고 나니 약 재고와 빚만 잔뜩 남아서. 백수가 되었다고 밝히면서도 당당한 선민을 나는 조용히 응시했다. 사정을 듣고 나니, 제발 가달라고 말할 수 없었다. 대신 집에는 알렸느냐고 어렵사리 물었다. 선민은 검지를 입에 대면서 당분간은 비밀을 지켜달라고 부탁했다. 유명 제약회사에 다니는 선민, 결혼까지 한 선민, 승승장구하는 오식이 아저씨의 자랑스러운 아들인 선민은 사라지고 없었다. 나는 그의 고민을 알 것도 같아더는 묻지 않았다. 결국은 대놓고 빌붙느냐, 은근슬쩍 기대느냐의 차이였다. 그나저나 선민과 내가 이런 말까지 털어놓을 사이인가. 아니었다.

아직도 안 갔냐?

두 손으로 얼어붙은 양파망을 당기면서 아버지가 물었다.

선민과 내 눈빛이 허공에서 부딪쳤다. 동시에 고개를 저었다. 곧 갈 거라는 말을 하며 돌아서던 선민이 바로 곁을 지나가던 스키어와 충돌했다. 선민은 미처 보지 못했고, 스키어는 설마 했을 거였다. 중심을 잃고 미끄러지면서 선민은 휴대전화를 떨어뜨렸고 엉덩방아를 찧었다. 일어서려다 악 소리를 지르며 도로 주저앉았다. 눈을 헤집으면서 앓는 소리를 냈다.

발목을 접질린 것 같다는 선민과 나는 어깨동무를 했다. 무척 오랜만의 어깨동무였다. 발뒤축을 끄는 선민을 부축해 북극 벽으로 걸어갔다. 가지런하지도 똑바르지도 않은 발자국이 뒤를 따라왔다. 발자국은 북극 앞에서 뒤죽박죽 섞이고 잘리고 뭉개졌다. 선민과 나의 관계를 보는 것 같았다.

북극 벽에 기대앉은 선민은 휴대전화의 눈을 털어냈다. 어딘가로 전화를 걸었다. 환자가 발생했다, 중상급자 슬로프 정상에 있는 북극이다, 빨리 와달라고 급하게 말했다. 말을 하면서도 찌푸린 이마를 펴지 않았다.

선민을 바라보는 아버지의 눈빛이 냉랭했고 입술은 험악하게 일그러졌다. 무슨 말을 하고 싶은지 듣지 않아도 나는 들렸다. 쏟아지는 눈이 아버지의 말을 모두 흡수해버리기를 바라면서 하늘을 보았다.

눈은 하얀 천처럼 펄럭이며 내려왔다. 슬로프에 떨어지는 조명이 긴 바늘이 되어 흰 천을 성기게 꿰었다. 흰 천이 겹겹이 달라붙으면서 흘러내렸다. 흐르는 천이 겹쳐지면서 거대한 흰

벽이 되었다. 내가 눈 속에 있는 건지, 흰 벽 안에 있는 건지 헛 갈렸다. 막막하면서도 색다른 느낌, 이를테면 새로운 세상으로 넘어간 기분이었다. 나는 가본 적 없는 북극의 밤을, 어둠을 상상했다. 쌓인 눈 위로 눈은 내리고 또 내렸다. 그 눈을 맞으며 여자와 소년이 나란히 북극으로 미끄러져왔다.

그들은 바인딩을 풀었다. 스키를 세워 눈바닥에 박아놓고, 그 위에 스키폴의 손잡이를 걸쳤다. 고글을 머리 위로 올리고 마스크를 벗었다. 어기적거리며 가판대로 와 어묵통을 들여다보고는 서로 눈짓을 주고받았다. 여자가 마음대로 먹으라고 말했다. 소년은 게맛살이 든 어묵을 집어 덥석 물었다. 입을 다물지 못하고 김을 내뱉었다. 뜨거. 뜨거. 분명치 못한 발음으로 말하며 코를 훌쩍였다. 여자가 두루마리 휴지를 찢어 소년에게 건넸다. 내겐 낯선 모습이었다. 콧물을 닦은 소년이 선반에 있는 양파를 뚫어지게 쳐다보았다. 진짜냐고 물었다.

실험하는 거예요? 키우는 거예요, 파는 거예요? 양파 맞죠? 우리 선생님이 북극은 얼음 바다라고 했는데.

궁금한 게 많은 소년은 나를 빤히 쳐다보았다. 그의 검은색 스키 부츠는 이미 북극 안으로 들어와 있었다. 나는 양파는 파는 게 아니다, 눈으로만 보라고 말했다. 눈빛을 반짝이며 선반 쪽으로 가는 소년을 내 눈길이 따라갔다. 선반 한 줄이 텅 빈 것을 발견했다. 그 순간 거울을 봤다면 내 얼굴은 눈보다 더 하얗게 질려 있었을 거였다.

선반 밑에 쪼그리고 앉아 양파망을 묶는 아버지의 손을 잡았다. 양파망 가득 양파가 꾹꾹 눌려 들어가 있었다.

아버지.

내 목소리는 콘크리트처럼 딱딱하고 무거웠다. 물과 모래와 시멘트가 엉켜 콘크리트라는 물질이 만들어지듯 내 목소리에는 분노와 원망, 절망과 좌절, 후회 같은 감정들이 뒤섞인 채 응어리져 있었다.

그때, 돌풍이 몰아쳤다. 눈보라가 얼굴을 덮쳤고 앞이 안 보였다. 서로 단단히 묶여 있었으나 가판대를 묶은 끈과 천이 펄럭이는 소리만 들렸다. 포장마차 자체도 흔들렸다. 이곳에선 흔한 일이었다. 바람에 밀린 아버지가 잡고 있던 양파망을 놓쳤다. 양파가 굴러나왔고, 유리병이 이리저리 굴러갔다. 탁자 위에 놓였던 간장소스통이 넘어지면서 가판대 모서리를 치고 떨어졌다. 눈바닥에 검은 꽃이 피었다. 유리 파편이 꽃에 꽂혀 번쩍였다. 소년은 울상이 되어 여자를 보았고, 아버지는 나를 보았다.

먹는 음식으로 장난치지 마라.

장난이라뇨?

양파망에서 양파를 꺼내는 내 손이 떨렸다. 양파는 껍질과 뿌리가 찢기고, 접히고, 잘리고, 떨어져나가 있었다. 양파 잎에 붙였던 번호표도 찢겨나갔다. 나는 양파를 다시 유리병 위에 얹었다. 그러나 양파와 유리병의 짝이 맞지 않았다. 그러니까

22번 양파가 37번 유리병 위에 놓인 격이었다. 양파는 제집을 잃어버렸고, 유리병에 기록된 양파의 이력은 뒤죽박죽이 되고 말았다. 선반 한 줄, 그러니까 서른세 개의 양파 일기도 엉망이 되었다. 어쩔 줄을 몰라 신음을 내뱉는 나에게 어묵을 다 먹은 여자가 괜찮냐고, 얼마냐고 물었다. 값을 매길 수 없다고 대답했다. 어리둥절한 그녀의 표정을 보고는 정신이 들었다. 어묵 값을 받은 나는 멀어져가는 모자를 바라보았다.

염치가 없는 사람들이군. 모자의 뒷모습을 흘끔대며 아버지는 깨진 유릿조각을 주웠다. 앗, 오른손 엄지를 유심히 들여다보았다. 유릿조각이 박혔는지 가늘게 피가 흘렀다. 다 양파 때문이야. 니 엄마도……. 유릿조각을 빼내려던 그의 입가에 주름이 잡혔다. 어두운 눈으로 어림잡아 유릿조각을 잡아빼려다 왼손 엄지도 찔린 것 같았다. 아버지는 두 엄지를 입에 물고 질경질경 씹었다. 아버지만의 지혈법이자 소독법이었다. 저러다 입속까지 베지. 나는 아버지에게 하려던 말이 뭐냐고 물으려다 말았다. 안다고 달라질 것은 없었다.

선민이 패트롤을 불렀어요. 아버지도 같이 의무실로 가세요.

나도 모르게 냉소적으로 말했다.

안 간다니까.

아버지는 뜻밖에도 길을 잃은 표정이었다. 마을에서 무슨 일이라도 있었냐고 물어봐야겠지만 나는 그럴 기분이 아니었다.

경광등을 번쩍거리며 스노모빌이 올라왔다. 스노모빌에서 내린 패트롤은 북극 벽에 기대 있는 선민을 보고 손을 들었다. 어디가 얼마나 아픈지 물었다. 플래시를 켜고 선민의 다리와 발목을 살펴봤다. 조심스럽게 신발을 벗겼다. 덧대를 발목에 대고 압박붕대로 감았다. 나는 아버지의 엄지손가락을 슬쩍 보았다. 엄지손가락을 감싼 휴지에 피가 배어 있었다. 응급처치를 부탁할까 망설였다. 아버지의 동상 걸린 손가락이 세균에 감염되는 건 어쨌든 막아야 했다. 그러나 아버지와 실랑이를 벌일 생각을 하니 머리가 지끈거렸다. 같이 내려가서 약을 바르고, 마지막 셔틀을 태워드리는 쪽을 택했다.

무인 판매, 여러분의 양심을 믿습니다.

가판대 앞에 팻말을 세웠다.

어묵 한 꼬치는 2천 원, 잔돈 없음. 어묵 국물은 거저, 뜨겁지 않을 수도 있음, 이라고 적힌 커다란 양철통도 가판대 위에 놓았다. 스키어나 보더가 드문 심야 타임에 양파 일기를 쓰느라 몇 번 써먹었던 방식이었다. 밤 11시가 가까워지고 있었다. 서둘러 갔다 와도 2, 30분은 족히 걸릴 터였다. 중상급자 코스로 올라오는 곤돌라는 운행을 멈췄고, 리프트만 돌았다. 나는 가스를 잠그고 서둘러 패딩점퍼를 걸쳤다. 털모자를 뒤집어쓰는데 아버지가 내 어깨를 툭 쳤다.

너는 아직도 사람을 믿냐. 양파를 키우는 놈이.

믿지 않으면요?

북극은 내가 보마.

아버지.

내려갈 사람은 너라니까.

아버지는 다친 손으로 내 손을 잡았다. 선민을 턱으로 가리키며 쟤 사촌형이 군청에 다니는 게 맞느냐고 물었다. 비밀이라도 말하듯 목소리를 낮췄다. 아버지가 더 잘 아시잖아요. 퉁명스러운 대꾸에 끌끌 혀를 찼다.

패트롤이 우리 쪽으로 왔다. 별일 없느냐며 아버지를 쓱 훑어보았다. 그녀의 눈빛이 흔들렸다. 장비도 없이, 이 복장으로 여기까지 올라오면 위험하다, 스키하우스로 내려가시라, 스노모빌을 타고 가겠느냐고 물었다. 예의를 갖췄으나 엄중한 목소리였다. 한쪽 코를 막고 허공에 코를 푸는 걸로 아버지는 대답을 대신했다. 민망해진 나는 결국 아버지라고 말했고 얼굴이 달아오르는 걸 느꼈다. 난감한 표정의 그녀에게 미안하다고 계속 읊조리며 빨리 내려가도록 조치하라는 당부를 들었다. 간간이 어묵 국물을 마시며 쌓았던 친분이 와르르 무너졌다.

평생 이런 눈은 처음이다. 아주 징글징글해.

하늘과 슬로프, 리프트를 무덤덤하게 휘둘러보며 아버지가 중얼댔다.

재난 안전 문자 왔어요. 50센티미터는 더 온다는데 빨리 내려가세요. 눈에 갇히기 전에.

아버지는 가판대 밑에 놓인 아이젠을 꺼내 작업화에 걸쳤다. 걸어서 내려가시게요? 내가 아이젠을 잡아챘다. 무슨 짓이냐, 미끄러지지 않으려면 아이젠만한 게 없다, 참견하지 말라는 야단을 맞았다. 아버지는 왜 내게 한번도 져주지 않는 걸까. 아니 져주는 척도 안 하는 걸까. 오토바이도, 트럭도, 버스도 타면서 스노모빌은 왜 안 타겠다고 우기는 걸까. 녹슨 아이젠은 도대체 아버지에게 무엇일까. 아버지는 언제쯤 내 말을 순순히 인정할까. 해결되지 않을 의문이 머릿속에 눈처럼 쌓였다.

계곡 사이로 불쑥 솟아오른 강력 철제빔, 빔과 빔을 잇는 철제 줄에 매달린 리프트가 눈을 맞으며 끊임없이 돌았다. 아버지와 내가 탄다, 안 탄다, 실랑이를 하는 사이에도 리프트는 덜컹거리며 멈췄다가 흔들리면서 돌아내려갔다. 사실 여기서 리프트를 타고 내려가는 건 편법이었다. 리프트를 타고 올라오는 사람이 없고, 안전요원이 없어서 가능한 일이었다.

눈 딱 감고 타세요. 내가 잡아드린다니까요.

스테이션 안에 서서 나는 아버지의 어깨를 양손으로 잡았다. 몸을 리프트 쪽으로 밀었다. 뭐하는 짓이냐. 호통을 들었으나 힘으로 아버지를 리프트에 주저앉혔다. 재빨리 나도 그의 옆에 올라탔다. 어림잡아 20여 대의 빈 리프트를 보내고 나서였다. 발이 허공에 뜨는 순간에 나는 잽싸게 철제 안전바를 내렸고 단단히 눌러 잡았다. 쩍 달라붙은 손바닥이 찢어질 만큼 아렸다.

아무때나 화를 내고, 욕하고, 윽박지르던 아버지는 온데간데없었다. 그는 엉덩이를 들썩거리고 발을 버둥거렸다. 안전바를 붙잡고는 신음을 내뱉었다. 토할 듯 컥컥거렸고, 알아들을 수 없는 말을 웅얼거렸다. 그러다가 정신이 나간 표정으로 내 팔을 움켜쥐었다. 두꺼운 패딩을 입었는데도 손의 떨림이 전해졌다. 괜찮다니까요. 내 말은 들리지 않는 눈치였다.

출렁거리며 리프트가 하강하기 시작했다. 불쾌한 쇳소리와 바람 소리가 신경을 긁었다. 대범한 척하며 나는 등을 꼿꼿이 세웠다. 리프트가 덜컹, 내려앉더니 멈춰 섰다. 불길했다. 몰아치는 눈보라에 앞도, 뒤도, 위도, 아래도 보이지 않았다. 리프트를 탄 지 1분도 되지 않았고, 스테이션에서 빠져나와 3미터 정도 내려온 지점이었다. 나는 선민에게 전화를 걸었다.

리프트가 이상해. 그냥 공중에 매달려 있네.

어떻게 좀 해보라는 듯 소리를 질렀다. 이내 머쓱해졌다. 잘못하지도 않았는데 야단맞는 기분을 나는 알았다. 좀 기다려봐. 그러다 다시 움직이더라고. 선민의 느긋한 대꾸에 짜증이 확 올라왔다. 쿵, 둔탁한 소리에 화들짝 놀랐다. 전화를 끊으려고 잠깐 안전바에서 손을 뗀 게 화근이었다.

아버지.

나는 비명을 질렀다. 슬로프 아래로 굴러떨어지는 아버지를 속수무책으로 내려다보았다.

굴러가던 아버지는 안전펜스에 몸통이 걸려 멈췄다. 머리를 계곡으로 향하고 비스듬히 처박힌 모양새였다. 뛰어내린 건가, 추락한 건가, 다리라도 부러졌을까, 뇌진탕을 일으키진 않았을까, 뒷수습은 누가 하나, 나도 따라 뛰어내려야 하나. 응급처치 상황에 몰려본 적도, 응급처치를 해본 적도, 받아본 적도 없는 나는 당황스러웠다.

언제 멈췄냐는 듯 리프트가 다시 움직였다. 덜덜 소리를 내며 느릿느릿 밑으로 내려갔다. 순간 나는 정신이 번쩍 들었다. 어쩌면 리프트는 멈춘 게 아니라 아주 천천히 움직이고 있었는지도 몰랐다. 갑자기 올라탄 사람에게 적응할 시간을 주려고.

리프트는 엎어져 있는 아버지 위로 지나갔다. 설마 돌아가신 건 아니겠지? 119를 불러야 하나? 패트롤을 부를까? 나는 고개를 내밀고 아버지를 주시했다. 움직임이 없었다. 그 모습이 안전펜스 바로 밖에서 눈을 뒤집어쓰고 나뒹구는 고목과 흡사했다. 고목은 때맞춰 베야 땔감으로라도 쓴다던 아버지의 말이 불쑥 떠올랐다. 무슨 생각을 하는 거야? 나는 고개를 흔들었다.

아버지. 괜찮으세요?

들리지 않겠지만 용기를 내 소리쳤다. 대답은 없었다. 뒤돌아보며 나는 아버지를 또 불렀다. 아무 소리도 들리지 않았다. 환승구간을 그대로 지나쳤다. 끝없이 순환하는 리프트에 실려 다시 올라갔다.

올라가면서 아버지가 쓰러져 있던 곳을 유심히 살폈다. 가슴이 턱 내려앉았다. 아버지가 보이지 않았다. 계곡 아래로 굴러떨어졌나. 그러면 제발 쌓인 눈이 완충 역할을 했기를 바랐다. 쏟아지는 눈에 묻혔나. 혹시 패트롤이 발견해서 이동시킨 건가. 눈을 부릅뜨고 슬로프를 샅샅이 훑었다. 슬로프의 막바지 급경사 끄트머리 지점에 흐릿하게 움직이는 물체가 보였다. 안도의 숨을 내쉬었다. 물체가 아버지라는 보장은 없지만.

풀풀 쏟아지는 눈을 뚫고 아버지가 기듯이 걸어왔다. 처진 어깨와 퀭한 눈, 뭉그러진 얼굴, 바짓가랑이까지 눈투성이인 게 눈사람 같았다. 30여 분 사이에 완전히 달라진 아버지는 나를 보고도 무덤덤했다. 이마와 뺨이 찢겨 피가 흐르다가 얼어붙었다. 아버지를 보자 나는 안도하면서도 화가 났다. 처음엔 아픈 곳은 없는지, 걱정하며 물었다. 그러나 이내 감정을 제어하지 못하고 제정신이냐, 죽는 줄 알았다, 내가 뭐가 되느냐고 고래고래 소리를 질렀다. 그런 내 모습에 내가 움찔했다. 추측을 사실로 만들고 있는 나를 발견해서였다. 아버지가 내게 지겹도록 써왔던 방식 그대로.

사람 쉽게 죽지 않는다. 나는 괜찮다.

아버지는 말하기 싫거나, 말하면 불리하거나, 말해봤자 뾰족한 대책이 없을 때 늘 괜찮다며 말을 끊었다. 어깨를 좌우로 흔들어 눈을 털어냈다. 아이젠이 살렸다고 들릴락 말락 하게 중얼댔다.

허벅지에 진동이 느껴졌다. 선민이었다. 의무실에서 발목을 테이핑중이다. 리프트는 이상 없이 돈다는데 언제 오느냐, 소주라도 사서 올라가느냐, 같이 한잔하자고 태평하게 떠들었다. 남의 속도 모르고. 올라오지 말라는 내 말엔 보드가 비싼 거라서, 라고 말끝을 흐렸다. 보드는 잘 모셔두겠다는 말은 듣지도 않고 그는 전화를 끊었다.

가판대에 놓았던 양철통과 무인 판매 팻말을 치우던 나는 미끄러지면서 넘어질 뻔했다. 눈에 덮여 몰랐는데 북극 앞의 바닥이 군데군데 얼어 있었다. 자세히 보니 얇은 얼음 둔덕까지 있었다. 나는 칼을 꺼내 얼음 둔덕을 칼로 찍고 깎아 평평하게 만들었다.

교대하자니까.

칼질을 주시하던 아버지가 말했다. 의외로 낮고 편안한 저음이었다. 여태 아버지의 목소리를 듣지 않았던 건가. 나는 몰랐던, 모른 척했던 어떤 것과 맞닥뜨린 기분이었다.

괜찮다니까요.

나는 얼음 둔덕을 마저 깎아내며 대꾸했다. 둔덕을 깎은 칼을 주방용 냅킨으로 닦아 칼집에 넣었다. 국자로 어묵통을 휘저었다. 등산용 간이의자를 펼쳐 아버지에게 앉으라고 내주었다. 전기히터를 간이의자 옆으로 옮기고 스위치를 켰다. 핫팩을 건네주면서 신발 바닥에 깔고, 손도 녹이라고 말했다. 리프트에선 왜 뛰어내린 거냐고 물었다. 묵묵부답인 아버지를 보니 마음이 잘게 부서졌다. 눈송이처럼.

이제 북극은 그만둬라.

아버지는 아무렇지 않게 엄청난 말을 하는 재주가 있었다. 떠맡길 때도 느닷없더니 그만두랄 때도 뜬금없었다. 나는 잘못 들었나, 귀를 의심했다. 아니었다.

나한테 왜 이러세요?

가시 돋친 목소리가 훅 튀어나왔다. 폭력과 폭언을 자주 했지만 그래도 정직하게 농사를 짓던 아버지였다. 그 아버지는 어디로 갔나. 아들인 나에게까지 술수를 쓰려는 걸까. 나는 북극에서 내려갈 생각이 없었다. 내가 북극으로 온 날, 북극은 내 집이 되었다. 그러니 더 물러날 곳이 없었다.

북극을 포기한 건 아버지예요.

내 말은 들은 척도 하지 않고 아버지는 쏟아지는 눈을 바라보았다. 일이 꼬인 것 같다, 조사반이 떴다는 정보가 있다고 중얼거렸다. 아버지의 말을 나는 귓등으로 흘렸다. 복잡하고 골치 아픈 일들은 흘러가게 내버려두는 게 나의 방식이었다.

언제 올라왔는지 선민이 들어왔다. 아버지의 얼굴을 보고는 손으로 입을 막았다. 의무실에서 연고라도 챙겨오라고 하지. 부탁하지 않은 나를 질책했다. 일회용 반창고 같은 것이라도 없나. 주머니를 뒤졌다. 아쉽네요. 상비약 정도는 늘 가지고 다녔는데 옷을 갈아입는 바람에. 안타깝다는 표정으로 선민은 다음엔 꼭 가지고 다니겠다고 했다.

다음은 없다.

아버지의 말에 선민은 두 손을 가지런히 내려 잡고 입을 꾹 다물었다. 아버지는 그런 선민을 보고 있지 않았다.

함성이 올라왔다. 숫자를 카운트다운하는 소리였다. 슬로프를 밝히던 조명등이 아래서부터 순차적으로 꺼졌다. 어둠 장막이 슬로프를 기어올라왔다. 정상을 밝히던 조명등까지 꺼졌다. 온통 어둠뿐이었다. 그 어둠을 흔들며 눈이 내렸다. 잘 다듬어진 슬로프에도, 안전펜스 밖의 적막한 숲속에도. 마지막으로 북극의 전원까지 차단됐고 세상은 어둠과 눈뿐이었다.

펑. 펑펑. 펑펑펑. 연이은 대포 소리가 어둠을 흔들었다. 순간 하늘에서 불꽃이 터졌고, 눈과 함께 쏟아져내렸다. 횃불을 든 스키 강사들이 슬로프를 천천히 미끄러져내려갔다. 새처럼 유연하고 매끄럽게. 그들이 내려가자 조명등이 일시에 켜졌다. 정상에서 기다리고 있던 스키어, 보더가 일제히 아래로 내달았다. 정상에서 바닥으로 하강하는 기분은 어떤 걸까. 그들은 내가 알지 못하는 다른 세상을 향해 달려갈 터였다. 나는 어묵꼬치를 가지런하게 정리했다.

옆으로 다가온 선민이 주머니에 소주를 쓱 찔러넣었다. 피곤할 때, 너무 추울 때, 참기 힘들 때 한 잔씩만 마시라며 눈을 찡긋했다. 보드를 챙긴 선민은 아버지와 내게 내일 또 들르겠다며 인사를 했다. 아버지가 아이젠으로 눈바닥을 쳤다.

오지 마라.

아버지의 말은 그러나 눈에 파묻혔다.

나는 선반 제일 위 칸의 양파 유리병을 꺼냈다. 99가 적힌 유리병 앞엔 양파 이름, 구입처, 구입일, 품종, 수경재배 시작일, 약을 준 날 등등 양파의 이력이 빼곡하게 적혀 있었다. 회색빛 표지가 너덜너덜해진 양파 일기를 펼쳤다. 아흔아홉 번째 양파의 상태를 꼼꼼하게 살폈다. 양파 껍질의 색깔은 어떤지, 냉해 입은 부분은 없는지 자세히 기록했다. 줄자로 잎의 길이를 쟀다. 뿌리의 개수를 셌고, 굵기를 가늠해서 적어넣었다. 뒤섞인 서른세 개의 양파 기록을 일일이 정리하면서 짝이 맞는 유리병을 찾아주는 사이 밤은 지나갈 터였다.

의자

1

안마의자가 출입문을 가로막았다. 그냥 돌아설까, 목덜미로 흘러내리는 땀을 훔쳐내며 나는 주춤했다. 문 틈새로 집안을 기웃거렸다. 미니어처 의자를 만들고 있던 그와 눈이 마주쳤다. 그의 눈빛에 어리는 반가움을 봤다. 들어오라는 환한 목소리에 나는 현관문과 안마의자 사이로 몸을 끼워넣었다. 호흡을 멈추고, 배에 힘을 줘 몸의 표면적을 줄였다. 허리를 위로 잡아올리며 게걸음을 걸었다. 옷이 피부가 된 듯 몸의 굴곡을 따라 착 달라붙었다. 집안에 들어서자마자 발가락으로 문앞에 놓인 선풍기의 강풍 버튼을 눌렀다. 미지근한 바람이라도 세게 부니 좀 나았다.

웬 안마의자?

저 위 공터에서 끌고 왔어.

다 이유가 있다는 표정으로 그는 이쑤시개 끝을 투명하고 끈적한 오공본드에 살짝 찔러넣었다 뺐다. 손을 선풍기 쪽으로 내밀고 살살 흔들었다. 들고 있던 미니어처 의자 밑판을 뒤집었다. 빈 모서리에 이쑤시개를 세워 붙였다. 밑판을 눈높이로 쳐들고 균형이 맞는지 살폈다. 새 주문을 받았느냐는 질문에 가볍게 고개를 끄덕였다. 땀방울이 툭 떨어졌다.

찐다, 쪄. 정말

나는 냉장고 문을 열고 냉기를 얼굴에 쐬었다. 이럴 땐 녹슨 창문형 에어컨이라도 있으면 좋겠다고 심드렁하게 말했다. 물론 대답을 기다린 건 아니었다. 캔맥주를 꺼냈다.

마시겠어?

들었는지 말았는지 그는 미니어처 의자 제작에 집중했다. 나는 숨도 쉬지 않고 맥주를 들이켰고 선풍기 앞으로 다가섰다. 선풍기 바람에 펄럭이는 투명 비닐봉지 안에서 꿈틀거리는 시커먼 덩어리를 보았다. 눅눅해진 이쑤시개에 곰팡이라도 핀 모양이었다. 엄지와 검지 발가락으로 비닐봉지를 들어올렸다. 쓰레기통에 처박았다.

냉장고 문부터 닫지.

퉁명스럽게 내뱉으며 그가 일어섰다. 쓰레기통에서 방금 내가 버린 이쑤시개 봉지를 꺼냈다. 그제야 나는 어떤 상황에서도 원자재는 버리지 않는다던 그의 말이 기억났다. 그는 버려진 빨대나 이쑤시개, 아이스바 막대, 나무젓가락을 이용해 의자를 만들었다. 썩거나 오염된 나무라도 씻고, 말리고, 잘라내고, 파내고, 사포질로 고르고, 기름을 여러 번 먹였다. 시간과 공을 들여 다듬은 나무로 세상에 단 하나뿐인 의자를 만들었다. 앉지 못하는 의자는 그만 만들라는 나의 비아냥에도 그는 기죽지 않았다. 완성된 의자는 자신의 사이버 공방 '품'에 올렸다.

가격을 붙여. 그래야 가치도 올라가.

장난삼아 던진 제안이었는데 그는 터무니없이 비싼 값을 매겼다. 그 돈을 내고 누가 사겠냐는 나의 걱정은 기우에 그쳤다. 높은 가격에도 의자는 꾸준히 팔려나갔다. 아무리 취향을 중시하는 시대라지만 참으로 의외였다.

오늘은 몇 개 올렸어?

어두운 표정으로 그는 아직이라고 대꾸했다. 세 시간을 투자했는데 맘에 들지 않아 다 버렸다는 것이다. 매번 다른, 카피 불가한 의자를 만드는 게 쉽지 않다며 손톱을 물어뜯었고 오공본드 찌꺼기를 뱉어냈다. 본드는 그렇게 먹는 게 아니다, 비닐봉지에 짜넣고 코로 마시라는 내 말에 그는 웃음을 터뜨렸다.

부추기지 마. 이미 절반은 제정신이 아니니까.

나는 출입문을 가로막는 안마의자를 가리켰다. 바람이 통해야 중독을 줄인다고 지적했다. 눈꽃빙수라도 먹자며 배달앱을 검색했다. 한낮 기온이 사람의 체온보다 높은 날이 열흘 넘게 지속되고 있었다. 열린 출입문 틈새로 들어온 쨍한 볕에 발등과 정강이가 뜨거웠다.

2

그날도 나는 식품부로 갔다.

좋은 하루. 귀에 착 감기는 부드러운 목소리에 무의식적으로 고개를 돌렸다. 시원한 이마며 서글서글한 눈, 깔끔한 피부를 가진 남자가 내 곁을 스치듯 지나갔다. 나는 의례적으로 고개를 까닥 숙이고 오픈 냉장고에서 2백 리터짜리 우유를 꺼내 들었다. 우유는 파주에서 서울로 출근하는 나의 아침밥이었다. 자동 계산대로 가 손목에 찬 직원 코드를 대고 결제했다. 매장을 점검하던 식품부 담당 직원이 다가왔다. 나는 눈으로 그를 가리켰다. 아침마다 매장을 걷는 남잔데, 관심 있는 사람에겐 말을 던진다는 대답을 들었다. 은평구에서는 유일하게 오가닉 제품만 취급하는 제타마켓에 입사한 지 얼마 안 된 작년 가을이었다.

오전, 오후로 나눠 나는 매장을 돌았다. 제품의 신선도를 직접 눈으로 확인하고, 디스플레이를 조정하는 게 나의 일이었다. 그와는 거의 날마다 마주쳤다.

이 빌딩 5층에서 공방을 해요. 혹시 목공에 관심이 있으신가요? 저는 건축을 전공했고 의자를 만들어요. 비 오는 날을 좋아합니다. 날마다 30분은 걸어요. 소주보다는 맥주를 좋아하는 편이죠.

그는 내게 눈인사를 하면서 소음처럼 말을 던지고 지나갔다. 은근슬쩍 허공에 뿌리고 간 그의 말이 내 머릿속에 내려앉았고 쌓여갔다. 내버려두었더니 먼지처럼 차곡차곡 차올랐다. 어느새 오래 알아왔던 동료나 이웃처럼 친근한 느낌이 들었다.

무인 화장품 코너를 점검하는데 그가 다가왔다. 가까이서 보니 얼굴이 푸석하고 까칠했다. 턱밑에 뾰루지까지 나 있었다. 어젯밤 잠을 설쳤구나 싶었다. 진정효과가 좋은 천연 허브 제품이 새로 출시됐다며 내가 먼저 말을 걸었다. 귓불이 벌게진 그는 대답 대신 미니어처 의자를 좋아하느냐고 물었다. 엉뚱한 질문을 받은 내가 주춤하는 사이, 그는 방금 소개한 화장품을 들여다보았다. 풋. 나도 모르게 입에서 바람이 빠졌다.

혹시 보시겠어요? 내가 만든 의자들인데.

그가 휴대폰을 들이밀며 물었다. 식품부에서 처음 눈인사를 나눈 지 석 달쯤 지났고, 추천해준 천연 허브 제품을 쓰고 피부가 촉촉해진 다음이었다. 나는 고객 응대 차원에서 그의 휴대폰을 흘끗 봤다. 뒤집힌 의자, 다리 길이가 제각각인 의자, 등받이가 바닥의 네 귀퉁이를 막은 의자, 손톱만한 의자 등등 낮선 형태의 의자들 사진이 가득했다. 디자인은 기발했으나 하나같이 실용적으로 보이진 않았다.

앉는 의자인가요?

나도 모르게 말을 내뱉고 말았다. 순간 너무 적나라한 질문은 아닌가 걱정했다. 그의 표정 변화를 조심스럽게 살폈다. 충격받은 표정은 아니어서 그나마 안도했다.

이런 것도 있다며 그는 바닥과 등받이 부분이 거뭇해진 투박한 나무 의자를 보여주었다. 앉는 기능에 충실한 의자였다. 아버지가 남긴 의자다, 자신이 만든 의자지만 정작 본인은 앉지 못했다, 가족은 말할 것도 없었다고 묻지도 않은 말을 털어놓았다. 말을 자르기도 어려워 나는 담담히 들었다.

느낌 알겠죠?

그는 무슨 말이라도 듣고 싶다는 눈빛으로 내 눈을 응시했다.

군더더기가 없네요.

나는 별 의미 없이 즉흥적으로 대답했다. 느낌이란 개인적인 감정이고, 감정엔 정답 같은 게 없지 않나? 개인의 생각이나 감정은 철저하게 배제한 채, 나는 고객의 시각으로 매장을 둘러보라는 교육을 받았다. 그리고 그 일에 익숙해지고 있었다. 감정을 말로 표현하는 일은 점점 쉽지 않았다. 그는 실물을 보면 뭔가 다르다, 실물을 보지 않겠느냐고 재차 물었다. 너무 간곡했다. 고객 관리 차원에서 나는 딱 부러지게 거절하지 않았다. 바쁘다는 핑계를 대고 서둘러 다른 매장으로 이동했다.

3

헐렁한 민소매 원피스로 갈아입고 나는 접이식 의자에 앉았다. 두 발을 뜨뜻미지근한 의자 바닥 위에 올리고 무릎을 굽혔다. 선풍기 바람을 쐬며 무릎에 턱을 대고 남은 맥주를 마저 마셨다. 천5백 년이라고? 느닷없는 그의 외침에 이쑤시개가 살에 박히기라도 한 줄 알았다. 그는 떨리는 손을 주체하지 못하고 휴대폰을 내밀었다.

나는 사진과 기사를 찬찬히 들여다보았다. 남녀가 껴안은 자세라는 설명까지 읽고 그래서? 라고 반문했다. 홍콩의 〈사우스차이나모닝포스트〉에 났다는 해외 토픽이었다.

평범한 해골 사진이네. 뭐.

천5백 년을 같이 있었다잖아.

지겹지 않았을까?

나는 여자 유골을 유심히 뜯어봤다. 왼손 약지엔 반지가 끼워져 있고, 고개를 남자의 어깨에 살포시 얹고 있는 자세라는 설명을 읽었다. 유골을 따라 그려진 외곽선을 따라가다 내 손을 펼쳐보았다. 땀에 젖은 맨살만 눈에 들어왔다. 이유 없이 울적했다.

부부였을 거라고? 그건 아니지. 남자 유골 손가락엔 반지가 없잖아.

나는 유골의 관계를 해석한 사람, 기사를 쓴 사람이 상상됐다. 모든 것을 통념으로 이해하려 들다니. 천5백 년 된 유골보다 기사를 쓴 사람이 더 고루한 것 같았다.

부부였을까? 연인이었을까? 응? 어떻게 생각해? 나는 부부는 아니다, 에 눈꽃빙수 건다. 당신은?

한쪽을 선택하라는 압박에 그가 마지못해 입을 열었다.

같이 있었다, 가 포인트야.

그는 미니어처 의자의 비뚤어진 다리를 살살 밀며 균형을 잡았다. 흐뭇한 표정으로 완성된 의자를 햇볕이 드는 창문턱에 사뿐히 올려놓았다. 사연이 있었을 거라며 나를 돌아보았다. 자신의 의견에 동의하라는 눈빛으로 필요한 사람끼리는 만나게 되어 있다고 했다. 나는 꿈틀거리는 그의 관자놀이 부근 힘줄을 쳐다봤다. 그의 태도에 기가 막혔지만 내색하지 않았다. 어깨를 그의 코밑으로 들이밀었다.

뭉친 어깨 좀 풀어줘봐. 워크숍에서 이틀 낮, 밤을 시달렸더니.

그는 기다렸다는 듯이 나를 의자에서 끌어내렸다. 얼떨결에 누운 자세가 된 내게 몸에서 힘부터 빼라고 속삭였다. 압통이 부드럽게 어깨와 가슴, 배와 허벅지를 타고 내려왔다. 아프면서도 시원했고 노곤함까지 밀려와 저절로 눈이 감겼다. 몸이 짓눌리는 것 같고 가쁜 숨소리가 귓속으로 흘러들었다. 나는 감았던 눈을 번쩍 뜨면서 몸을 비틀었다. 쿵, 소리와 함께 그가 바닥으로 미끄러졌다. 충혈된 그의 눈을 보며 일어나 앉았다. 같이 있다고 다 묵인하는 건 아니라고 선을 그었다. 새삼스럽게 지난겨울 일이 생각났다.

20여 분 동안을 줄을 서서 기다린 후 나는 좌석으로 안내되었다. 굴국밥을 후후 불며 막 먹으려던 참이었다. 실례 좀 해도 되느냐는 말에 눈을 치켜떴다. 뜨거운 김 사이로 테이블 앞에 서 있는 서빙 직원이 보였다. 손님이 밀리는 시간이어서 합석을 거절할 수 없었다. 그때까진 서빙 직원 뒤에 서 있는 남자가 그인 줄 몰랐다. 한 테이블에서 그와 마주보며 굴국밥을 먹었다. 비록 비껴 앉기는 했지만 말이다. 좋아진 피부를 빌미로 그와 두어 번 '오스테리아 유띠'에서 피자를 곁들여 와인을 마신 적은 있었다. 그러나 나의 겨울 보양식인 굴국밥집에서 그를 만날 줄이야. 우연치고는 석연치 않았다.

석화를 좋아하세요? 이 집 굴은 통영산이래요.

그는 굴국밥집을 나보다 더 잘 알고 있었다. 동선을 파악당한 기분이었다. 나는 빨리 먹고 나가는 게 답이라 여겼다. 후루룩거리며 굴국밥을 먹었다. 밥을 먹는 내내 그는 집이 근처다, 잠깐이면 된다, 의자를 꼭 보여주고 싶다고 주절거렸다. 굴이 목에 걸릴 지경이었고 결국 그러자고 대답하고 말았다.

그의 집은 완만한 경사로에 있었다. 올라가면서 보면 1층, 내려가면서 보면 0.5층 정도로 보였다. 그러니까 지상과 지하에 반씩 걸쳐 있는 어정쩡한 집이었다. 언덕 꼭대기에는 공터가 있다고 했으나 어둠만 보였다. 언덕을 타고 칼바람이 윙윙거리며 쏜살같이 내려왔다. 머리카락이 흩날려 시야를 가렸다.

눈이 오면 조심스럽지만 신나기도 해요.

그는 미끄럽다며 내 손을 잡아 끌어주었다. 삐쩍 마른 몸과 달리 그의 손은 말캉하고 따뜻했다. 차디찬 손으로 스며드는 온기가 좋아 나는 잡힌 손을 빼내지 못했고 그를 따라 올라갔다. 문턱을 미처 보지 못하고 발로 콘크리트 턱을 찼다. 엄지발톱이 깨질 듯 아팠다. 울상이 된 나는 발을 들고 멈춰 섰다. 미리 알려드렸어야 했다며 그가 내 눈치를 살폈다. 방지턱이다. 집안으로 쏟아져드는 빗물이나 눈 녹은 물을 막는 가림막 역할을 한다며 디귿자 모양의 콘크리트 턱을 발로 툭 찼다. 조심하라며 먼저 문턱을 넘고, 계단을 내려갔다. 집안은 어두컴컴했고 좁았다. 오른쪽부터 화장실과 싱크대가 있고 그 옆으로 방 두 개가 나란히 붙어 있는 구조였다.

C방이에요.

그는 길가 쪽으로 창이 난 자신의 방과 나란히 붙은 방문을 열었다. 스위치를 올리자 흐릿한 전등이 방안을 비췄다. 다양한 크기와 종류의 의자가 쌓여 있었다. 나는 창고냐고 물었다. 창고는 창곤데 보물 창고라는 대답을 들었지만 들어가기가 꺼려졌다.

엄청 많네요. 숫자를 붙인 이유라도 있어요?

나는 의자에 붙어 있는 숫자를 가리켰다. 숫자가 곧 의자 제작 연도라는 말에 고개를 끄덕였다. 의자가 많아 그는 관리 차원으로 붙였다고 했다. 나는 건성으로 고개를 끄덕였다. 숫자든 연도든 내겐 어떤 의미도 없었다.

도서관에 들어갈 의자를 미니어처로 만든 적이 있어요. '도서관 4.0 프로젝트'였던가 그래요. 앉을 사람을 상상하며 미니어처를 제작했어요. 정말 있는 힘을 다 쏟아부었죠. 철없던 때고, 공모전은 처음이라 붙으라는 염원을 담아 숫자를 매겼는데 그게 시작이었어요. 그후론 의자에 숫자를 붙이고 의자의 탄생 사연을 적기도 하죠.

의자를 설명하는 그의 목소리엔 생기가 넘쳤다. 소음처럼 말을 던지고 사라지던 사람 맞나 싶었다. 공모전 결과는 좋았느냐고 묻자 그는 고개를 저었다. 재활용 자재를 이용한 디자인으로 승부를 걸었는데 안 됐어요. 환경도 중요하지만 편한 게 먼저더라고 덧붙였다. 괜히 물은 것 같았다.

C방으로 들어간 그가 낡은 나무의자 등받이를 잡고 섰다. 사진으로 봤던 의자였다. 들어와 앉으라고 손짓했다. 나는 주저주저하다가 방에 들어갔고 의자에 앉았다. 등받이가 딱딱했고 엉덩이가 배겼으나 높이는 적당했다. 발바닥이 바닥에 닿을 수 있도록 높이를 조절할 수 있다는 게 장점이었다. 느낌이 어떠냐는 질문을 받았다. 의자가 다 그렇죠, 라고 얼버무리고

눈을 감았다.

하늘로 솟은 빌딩 사이사이로 의자가 날아다녔다. 간간이 나를 덮치듯 내려오는 의자를 피해 나는 빌딩 안으로, 지하철로, 쇼핑몰로 숨어들었다. 결국엔 따라잡히고 말았다. 의자는 내 어깨에 내려앉고, 발등에 앉고, 젖가슴에, 허벅지에 앉아서 떨어지지 않았다. 팔을 휘둘러 나는 의자를 밀쳤다. 그러자 더 많은 의자가 몰려왔고 허공에 붕붕 뜬 채 내 주변으로 벽을 쌓았다.

몸을 흔들며 나는 눈을 떴고 시간부터 확인했다. 파주행 지하철과 마지막 버스는 끊긴 다음이었다. 어쩐다. 몰려오는 후회를 누르며 나는 의자에서 일어섰다. 추운 날, 뜨거운 굴국밥을 먹은 탓일까 몸이 땅밑으로 가라앉는 기분이었다.

피곤했나봐요.

그는 괜찮다면 자고 가라고 붙잡았다.

나는 카카오택시를 호출했다. 5분 거리, 20분 거리에 있는 택시가 떴으나 호출을 받지 않았다. 액정을 톡톡 치는 나를 보며 그가 맥주를 꺼내왔다. 아침이 몇 시간 남지 않았는데 굳이 먼 거리를 왔다갔다할 필요 있느냐며 한잔 더 하라고 권했다. 지금 집에 갔다 내일 새벽에 다시 나올 생각을 하니 귀찮았다. 못 이기는 척하며 맥주를 마셨다. C방에서 마시는 맥주는 좀 더 썼다. 시끄러운 알람 소리에 눈을 떴다. 의자가 가득한 방의 벽 모서리에 기대앉은 나를 발견하고 아찔했다. 취하면 자버리는 고질병이 도졌다는 걸 깨달았다. 멍한 눈으로 쌓여 있는 의자를 바라보았다.

더 자요. 걸어가도 10분이면 돼요.

그의 목소리에 정신이 퍼뜩 들었다. 나는 가방을 뒤져 생수를 꺼내 마셨다. 화장실에 가서 문을 잠갔다. 거울을 들여다보며 도대체 무슨 짓을 한 거냐고 꿍얼댔다. 내 몰골은 C방에 쌓여 있는 의자와 별반 다를 게 없었다. 하나로 묶은 머리카락은 제멋대로 삐져나와 있었고 립스틱은 지워져 있었다. 잔뜩 구겨진 옷을 펼치며 나는 10분을 되뇌었다. 파주에서 출근하려면 적어도 한 시간 반이 필요했다. 직장 근처에 산다는 게 이런 거군. 새삼 그가 부러웠다.

겨울 동안 여기서 출퇴근하는 건 어때요. 빈방도 있는데.

그의 제안이 귀에 쏙 들어왔다.

그럴 순 없죠.

나는 단숨에 거절했다. 그러나 '겨울 동안'이라는 단어가 귓속에 남았다. 파주의 방을 뺄까. 잠시 고민했다. 알량한 자존심이 그건 아니라고 경고했다. 부담스러워하지 말아라, 공과금 일부를 내주면 된다는 현실적인 그의 말이 다시 나를 당겼다.

1주일 만에 그의 집 주소를 물었다. 접이식 의자를 주문, 배송시켰다. 적어도 내가 앉을 의자는 들고 가야 할 것 같았다. 나올 땐 C방에 놓거나 공터에 버리면 될 터였다. 의자가 나보다 먼저 그의 집에 도착했다.

내가 의자 만드는 사람인데.

서운함을 드러내며 그는 반품하라고 넌지시 종용했다. 그럴
의도가 없다고 나는 반복해서 나의 입장을 설명했다. 의자가
도착한 다음에도 며칠이 지난 다음 나는 C방으로 들어갔다.
공과금을 내는 조건이었고 서로 밑질 게 없다고 여겼다.

방범 때문에 길갓집엔 다 이렇게 한다네요.

창문 밖에 박힌 쇠창살을 보는 내게 그는 친절하게 설명했
다. 찜찜한 마음으로 나는 쇠창살 사이로 보이는 길을 내다봤
다. 길 위로 바람이 쏜살같이 내려가며 윙윙거렸다. 그 위로 굴
러내려가는 어둠을 보며 겨울 동안만이라고 중얼거렸다.

4

끈끈한 공기가 집안을 불안정하게 떠다녔다. 팝콘 만드는
기계 안에 있는 기분이었다. 나는 머리카락을 뒤로 잡아 하나
로 묶었다. C방으로 들어가 누울 참이었다. 그가 따라왔다. 머
리통을 긁으면서 어젯밤에 들었던 이야기를 했다.

창밖으로 여러 짝의 슬리퍼가 지나가는 소리가 들렸어. 끌
지 말고 들어. 들어.

낮게 속삭이는 목소리가 묘하게 호기심을 자극했다고 털어
놨다. 뭘 버리는 걸까? 가볍게 긴장까지 했다는 것이다.

불을 껐지. 안 그러면 사람들은 꼭 안을 들여다보고 가잖아.

무슨 심본지. 이어 쿵, 무언가를 무겁게 내려놓는 소리를 들었고, 그는 휴대용 플래시를 집었다고 했다. 도둑인가 의심하면서 소리에 집중했다, 숨이 막힐 지경이었다며 숨을 몰아쉬었다.

여름이 시작되면서 그는 제타마켓 빌딩 5층의 공방을 접었다. 수강생은 줄고 월세는 두 배로 오른 탓이었다. 바로 사이버 공방 '품'을 만들었다. 보름 만에 DIY 미니어처 의자 키트를 출시했다. 온갖 사이트를 부지런히 돌아다니며 '품'을 홍보했으나 회원이 늘지 않아 적잖이 실망하는 기색이었다. 그는 사람들이 의자 볼 줄을 모른다고 불평했고, 불평은 날이 갈수록 늘고 있었다. 나는 C방을 비울 때가 되었음을 직감했다.

재택근무를 하면서 그는 적어도 하루에 한 번은 집 위 공터에 간다고 고백했다. 처음엔 바람이나 쐴 생각이었는데, 어느새 안 가면 불안해서 작업을 못 한다고 털어났다. 하루는 안마의자에 붙어 있던 쪽지를 뜯어와 읽었다. 멀쩡해 보이는 의자가 그 자리에서 낡고, 부서지고, 썩어가면서 유기된 개나 고양이 집이 되는 게 안타깝다고 했다. 넝쿨식물에 뒤덮였다가 폭우 때 떠내려갈지도 모른다고 했다.

내가 의자라면 좀 알잖아. '쓸 만한'의 범위와 정도, 해석은 사람마다 다 다르거든. 해체해서 힌트를 얻을 생각이야. 배터리를 쓰지 않아도 되는 안마의자. 멋지지 않아? 잘하면 자연주의 개념을 끌어들인 DIY 키트를 출시할 수도 있고.

그는 몹시 진지하면서도 조금 들떠 있었다. 안마의자를 집 앞까지 밀고 오는 게 힘들었다면서도 뿌듯해했다. 더위를 단단히 먹은 모양이라고 말하려다 나는 참았다. 그의 도전을 막을 이유가 내게는 없었다.

안마의자는 내가 앉으면 파묻힐 정도로 거대했다. 검은색 인조 가죽으로 덮인 표면에는 미세한 균열이 거미줄처럼 나 있었다. 누구라도 앉으면 거미줄이 꿈쩍 못하게 옭아맬 것 같았다. 거미줄에 걸린 벌레라니. 생각만으로도 소름이 돋았다.

일단 서원 씨가 앉아. 다리가 퉁퉁 붓는다며.

그의 말이 저주로 들렸다.

의자를 머리에 이고 앉아야 할 텐데.

우회적인 거절은 먹히지 않았고 놓을 자리가 없다는 지적도 소용없었다. 그는 출입문 턱을 가리켰다. 턱만 넘으면 문제없다는 투였다. 안마의자에 꽂힌 그의 마음을 돌이키기엔 늦은 것 같았다. 그는 A4 용지에 빨간 매직펜으로 손대지 말 것, 주인백이라고 썼다. 서랍장 위에 놓인 정리함에서 스카치테이프를 꺼내왔다. 출입문으로 가서 A4 용지를 안마의자 등받이에 붙였다. 맙소사. 소유권까지 주장하냐고 묻던 나는 그에게서 뿜어져나오는 열기에 한발 물러섰다. 끈질긴 건 알았으나 이 정도일 줄은 몰랐다. 안마의자에 목숨걸었냐고 물었다. 그의 눈빛이 사나워지더니 다짜고짜 내게 목장갑을 던졌다. 함께 옮기자는 것이다. 나는 기꺼이 도와주거나, 야멸차게 돌아서거나, 오늘 바로 파주로 들어가거나 선택의 한가운데 서 있었다.

5

맞다, 강정슈퍼.

그가 대단한 발견이라도 한 것처럼 소리쳤다. 바퀴 달린 초록색 판. 이삿짐센터 사람들이 가지고 다니는 발판을 빌리자고 말했다. 나는 들고 있던 목장갑을 안마의자 위에 던졌다. 그를 앞서 강정슈퍼로 갔다. 등짝을 강타하는 뙤약볕에 밀려 언덕 밑으로 굴러가는 것 같았다. 반바지 아래로 드러난 가늘고 긴 다리가 길쭉한 내 그림자 속으로 들어왔다. 아까 봤던 유골 사진이 떠올랐다. 나는 걸음을 늦췄다.

수면시간을 줄일 수 있을까. 회의적이었다. 수면의 질과 양은 일에 지친 나를 지탱하는 힘이었다. 그와 편해진 관계 또한 나를 붙잡았다. 독립 자금이 좀더 고일 때까지 모른 척하며 버틸까. 궁리를 거듭하며 나는 터벅터벅 걸었다. 정수리가 뜨겁고 등짝이 화끈거릴 때쯤 강정슈퍼에 다다랐다.

나는 캔과 각종 음료수가 가득찬 냉장고 앞으로 직진했다. 냉장고 유리창에 얼굴부터 갖다댔다. 이마와 뺨으로 파고드는 냉기를 만끽했다. 진열된 맥주를 스캔한 그가 체코 맥주인 코젤을 꺼냈다.

술 처먹는 염소라니.

누구를 향한 것인지 모를 비아냥거림을 내뱉고는 맥주를 꺼내 카운터로 갔다. 바코드를 찍는 슈퍼 주인에게 말을 붙였다.

요즘 불붙었어요.

올라갈수록 냉정을 유지해.

슈퍼 주인과 그의 대화는 사뭇 진지했다. 뭘 샀느냐는 슈퍼 주인의 질문에 그는 쭈뼛거리며 보면 모르느냐며 빙긋 웃었다. 그게 아니고 지난번에 추천한 품목은 얼마나 샀느냐고 물었다. 둘의 대화를 듣던 나는 증권회사에 다녔다는 슈퍼 주인과 그를 쳐다봤다. 주식투자를 한다고? 내가 모르던 그의 다른 모습이었다. 둘은 꽤 친한 듯 종목 번호를 대며 한참 더 주식 이야기를 했다.

바코드를 찍던 그가 두 개 더 가져오든지, 아님 두 개를 덜라고 말했다. 코젤은 네 개 한 묶음으로 사야 할인이 된다고 알려줬다. 그는 후다닥 냉장고로 갔다. 슈퍼 주인이 슬금슬금 나를 곁눈질했다. 바이오나 이차전지를 사라고 조언했다. 오지랖이시네요. 쏘아붙이려다 나는 가만히 서 있었다. 슈퍼 주인과 그의 연대를 존중하는 의미에서. 더 들고 온 코젤 두 캔을 계산대에 올려놓으며 그가 물었다.

저기, 그걸 뭐라고 부르죠? 초록색인데. 있잖아요. 물건 옮기는 판이요.

끌차?

그걸 끌차라고 불러요? 잠깐 빌릴 수 있을까요?

이사 가?

강정슈퍼 주인은 눈이 휘둥그레졌다. 고개를 젓는 그를 보며 그럼 왜? 라고 묻는 표정을 지었다. 안마의자를 들여……말이 채 끝나기도 전에 슈퍼 주인이 뒷문을 가리켰다. 요즘 안마의자 없는 집이 없다고 떠들었다. 창고 안에 있는 끌차 중에 아무거나 꺼내가라고 일러줬다. 계산을 마친 그가 맥주가 든 비닐봉지를 내게 건네고 창고로 갔다.

6

바싹대고 있다가 힘껏 밀어.

안마의자 등받이 뒤로 돌아가며 그가 소리쳤다. 의자 등받이 윗부분을 당기면서 눌렀다. 넣었느냐고 물었다. 아직이야. 확실히 들으라고 소리치며 나는 의자 밑으로 고개를 들이밀었다. 그후로 됐냐는 외침을 들을 때마다 아직이라고 대꾸했다. 잘 좀 해보라고 그가 목청을 높였다. 안마의자를 집안으로 넣지 못하는 게 전부 내 탓인 양 툴툴거렸다. 나도 지지 않았다. 가볍게 보지 마라, 누군가의 시간과 무게를 고스란히 받아냈던 의자다, 얕보면 큰코다친다고 응수했다.

얍, 기합 소리와 함께 안마의자가 꿈틀거렸다.

지금이야. 빨리, 빨리.

그의 목소리가 떨렸다. 조금 더, 를 연발하면서 나는 끌차를 안마의자 밑으로 밀어넣었다. 반쯤 밀고는 손목이 시큰거려 더는 못한다고 소리쳤다. 땡볕에 삶아지는 기분이었다. 판매 촉진 워크숍에서 밤잠도 설치며 머리를 쥐어뜯다 온 나였다. 온몸이 땀범벅이었고 팔다리가 흐물거렸다. 심사가 뒤틀렸다.

발이 저려와 일어서서 코에 침을 발랐다. 워크숍에서 풀지 못했던 고객 확장 방법을 잠깐 떠올렸다. 제타마켓 고객들은 각자의 취향이 뚜렷했고 연령대도 다양했다. 자기 생각이 확고한 그들의 지갑을 여는 방법은 무얼까. 그들의 심리를 파고 들 묘안은 떠오르지 않았다. 가격은 문제가 되지 않을 터였다. 매장을 미로처럼 만들어 머무는 시간을 늘려야 하나, 공정무역을 부각해야 하나, 사실 매장 담당이 낼 수 있는 아이디어는 제한적이었다. 쫓기는 기분으로 나는 태블릿을 들여다보면서 당근을 그리고 당근이라고 썼다가 머쓱했던 기억만 났다.

내 앞으로 온 그가 끌차를 발로 툭 밀었다. 끌차가 주춤주춤 하더니 언덕길을 굴러갔다. 신음을 뱉으며 그가 잽싸게 발을 뺐다. 반박자 늦었다. 가속이 붙은 끌차는 담벼락을 몇 번 치고 튕겨나갔다가 뒤집히면서 속도가 줄었다. 전봇대와 담벼락 사이에 바퀴가 끼면서 멈춰 섰다. 그가 언덕길을 터벅거리며 내려갔다. 승모근과 삼각근에 찰싹 달라붙은 셔츠가 꿈틀댔다. 바퀴 하나가 망가지고, 모서리가 찌그러진 끌차를 들고 올

라왔다. 슈퍼 아저씨한테 뭐라고 말하냐면서도 안마의자 밑바
닥을 들여다보았다. 뜯어진 가죽에 덮여 있던 연결 콘센트를
찾아낸 그가 휴대폰으로 사진을 찍었다. 검지를 콘센트에 대
고 지름을 가늠해가면서. 그 뒤에서 나도 안마의자를 찍었다.
앞에서, 옆에서, 뒤에서, 위에서 제각기 다른 각도로.

7

꼭 들여놔야 해?

서원 씨를 위해서야.

난 필요 없어. 진심이야.

확실하게 거부 의사를 밝힌 나는 당근마켓 사이트에 접속
했다. 잘 찍힌 안마의자 사진만 골라 업로드했다. 파격적인 가
격으로 내놓으면 누구라도 덤빌 터였다. 안 팔리면 무료나눔
이라도 할 참이었다. 그가 기필코 C방에 안마의자를 넣는다면
파주로 가는 수밖에 없었다. 안마의자 3만 원. 가격 조정 가능.
연락처 070-0000-0000. 외관 상태는 '중상'. 기능은 '상중'.
전화번호를 안심번호로 바꿔 올린 후 나는 화면을 캡처했다.
재빨리 사이트에서 빠져나왔다. 안마의자 싸게 팝니다. 번개
장터를 열고 헤드 문구를 넣었다. 캡처한 상세 정보와 사진도
올렸다. 전화보다는 문자나 카톡으로 연락하자는 문장을 추가
했다.

제타마켓에는 없겠지?

뭐가?

제 발이 저린 나는 움찔 놀랐다. 나도 모르게 차갑게 대꾸했다.

콘센트.

공산품은 없지. 있어도 엄청 비쌀 거야. 친환경제품이라.

규격을 정확히 알아야 실패를 안 한다며 그는 전기연결구 사진을 들여다봤다. 일단 제작사 사이트에 접속했다. 안마의자가 2010년도 모델임을 확인했다. 보증기간 10년은 너무 짧다고, 부품도 없다고 툴툴거렸다.

이참에 파는 건 어때?

찌를 듯한 그의 시선을 받았다. 나는 자세를 바로잡으며 내가 산 접이식 의자 등받이에 옆구리를 기댄 채 C방을 바라보았다. 무의식중에 미니어처 의자의 숫자를 셌다. 왼쪽 다리에 찌릿한 통증이 왔다. 워크숍 내내 왼쪽 다리로 지탱하고 서 있어서였는지 몰랐다. 부은 다리로 안마의자 앞에 쪼그리고 앉은 게 무리였는지도 몰랐다. 정강이를 주무르며 나는 숫자를 마저 셌다. 109까지 세다가 멈췄다.

집에 들를 거니? 난 없다. 알아서 밥 챙겨 먹어.

엄마의 카톡을 읽었다. 해가 기울어도 더위는 물러가지 않았다. 그러나 달궈졌던 안마의자의 가죽은 조금씩 식었다. 가죽을 손바닥으로 쓸던 그가 내게 가까이 오라고 손짓했다.

앉은 사람들이 얼마나 편안했을지 상상해 봐. 그리고 등과 다리 관절이 이완되는 기분을 느껴 봐. 피곤이 확 풀릴 거야.

그는 나를 안마의자에 앉히고 천천히 다리를 당겨 폈다. 얼떨결에 나는 누운 자세가 되어 하늘을 보았다. 나쁘지 않았다.

저녁에 맛있는 거 먹자. 돈이 생겼거든.

DIY 키트 정산금이 들어왔다는 말에 나는 파주행을 잠시 늦췄다. 파맥, 치맥, 피맥 다 좋다고 말했다.

'오스테리아 유띠' 피자 배달되던가?

그가 내 어깨 위에 손을 올렸다.

더워.

나는 어깨를 흔들어 그의 손을 떨쳐냈다. 그 순간, 휴대폰이 진동했다. 그의 시선을 피하며 나는 카톡을 읽었다. 얼마면 돼요? 작동하는 안마의자죠? 주소를 올리지 않으셨네요? 값은 보면서도 선뜻 덤벼들지 않는 느낌에 나는 재빨리 답글을 보냈다. 얼마면 좋겠어요? 작동하죠. 당연히. 은평구고요. 주소는 구매 의사를 밝히면 알려드립니다. 손가락을 바쁘게 움직이며 나는 그를 흘금거렸다. 그와 나는 기껏해야 2미터 정도 떨어져 있었으나 아주 멀리 있는 기분이 들었다.

8

그는 안마의자를 타고 넘으면서 간이 탁자와 접이식 의자를 문밖으로 내왔다. 입을 꾹 다물고 지켜보는 내게 눈을 찡긋했다. 한강공원까지는 못 가더라도 이 길이 다 내 길이라고 생각하라고 했다. 사실 좁고 답답한 집안보다는 밖이 나은 건 맞았다. 넓고, 탁 트였고, 하늘도 볼 수 있었으니까. 몰려드는 모기와 파리, 날벌레가 없다면 말이다.

배달된 마르게리타콘부팔라 피자가 간이 탁자 위에 놓였다. 모차렐라 치즈의 맛있는 냄새에 입에 침이 고였다. 그는 끈적거려서 싫다는 나를 굳이 안마의자에 앉히려고 안달이 났다. 결국 그가 안마의자에 앉았고 나는 접이식 의자에 앉았다. 의자에 앉자마자 서로 내기라도 하듯 맥주를 마셨다. 피자는 식어갔고, 빈 캔은 늘어갔다. 먼저 취한 그가 은근슬쩍 내 손을 잡았다. 덥다니까. 내가 손을 흔들어 빼는 바람에 그가 의자에서 미끄러졌고 엉덩방아를 찧었다. 낑낑대며 일어나면서 유연성 부족이라고 꿍얼댔다. 안마의자를 안으로 옮기자, 싫다, 앉아라, 아니다, 버려라, 그럴 수는 없다, 같은 쓸데없는 말다툼이 이어졌다. 이런 식이면 밤도 새울 것 같았다. 잠깐만. 오줌이 마려워 나는 의자를 타고 넘어 화장실로 갔다.

변기에 앉았는데 휴대폰이 진동했다. 나는 상대방의 사근사근한 목소리에 호감이 갔다. 당근마켓 광고를 보았다는 상대는 무료나눔을 원했다. 하마터면 바로 그러라고 할 뻔했다. 만원만 받겠다고 제안했다. 상대가 바로 픽업 장소를 물었다. 딸꾹질이 나와 나는 손으로 목을 누르며 문자로 찍어주겠다고 말했다. 밤늦게나 내일 새벽에 픽업하겠다는 말에 통장번호를 재확인시켰다.

화장실에서 나오던 나는 흠칫 놀랐다. 그가 다리를 꼬고 화장실 벽에 기대서 있었다. 웬 딸꾹질이냐, 거짓말을 했느냐고 물었다. 나는 못 들은 척하며 안마의자를 타고 다시 밖으로 나가 접이식 의자에 앉았다. 모기가 왱왱거리며 달려들었고 똥파리까지 머리 위를 배회했다. 건너편 길가에서 어슬렁거리던 길고양이가 어둠 속으로 사라졌다. 그와 나는 집에 있는 온갖 술을 모두 꺼내 마셨다. 적정 주량을 넘어섰다. 목소리는 커졌고 말엔 두서가 없었다.

먼지 구덩이야. 아주.

갈라질 정도로 바싹 마른 도로에 대고 그가 주절댔다. 맥락 없이 흐흐흐 웃었다. 공허하면서도 섬뜩한 소리가 어둠을 뚫고 번져나갔다. C방에 갇혀 있던 의자들이 일제히 둥둥 떠올라 밖으로 나올 것 같았다. 나도 모르게 몸이 떨렸다. 집안의 의자를 싹 버리자고 주장하다가 허벅지를 맞았다. 그를 노려보았고 그의 손을 잡아 흔들었다. 한 번만 더 쳤다간 손모가지가 부러질 줄 알라고 으르렁댔다.

그가 먼저 곯아떨어졌다. 안마의자에 널브러진 그는 팔뚝과 정강이를 긁어대면서 누군가에게 욕을 해댔다. 시끄러웠다. 나는 문틀과 안마의자 사이에 몸을 끼웠다. 개고생이라고 꿍얼대며 게걸음을 걸었다. 다리가 풀려 쓰러질 뻔했다. C방으로 들어가 누웠다. 윙윙 모기가 자신이 왔다고 알렸다. 나는 벌떡 일어나 형광등을 켰다. 어디로 숨었는지 모기는 보이지 않았다.

일어나. 방충망이라도 닫게. 나는 안마의자를 발로 뻥 찼고 등받이를 당기며 흔들었다. 신음을 흘리며 그는 옆으로 돌아누웠다. 안마의자를 다시 찼다. 덜커덕. 뭔가가 풀리는 소리가 나면서 기분 나쁜 마찰음이 들렸다. 콘크리트를 쇠사슬로 긁는 소리 같았다. 안마의자가 슬금슬금 움직였다. 느리지만 멈출 기미는 보이지 않았다. 나는 양팔로 안마의자를 잡아당겼으나 묵직한 의자에 내가 끌려갈 지경이었다. 앞에서 막을까, 고민했지만 깔릴 것 같아 그만두었다. 그의 귀에 대고 일어나라고 소리쳤다.

건드리지 마.

손을 쳐내는 그의 손톱에 손등을 긁혔다. 나는 아픈 손등을 감싸쥐었다가 휴대폰을 켰다. 서울시 은평구 변두리길 990 강정슈퍼 앞. 화장실에서 통화한 사람에게 주소를 보내고 고개를 들었다. 출입문 앞이 뻥 뚫려 있었다. 잘못 본 줄 알았다. 밖을 내다보니 어둠에 잠긴 언덕길 아래로 내려가는 검은 점이 보였다. 검은 점은 점점 멀어지다가 시야에서 사라졌다. 나는 멍하니 서 있었다. 어둠뿐인 길을 따라 내려갈 엄두가 나지 않았다. 어쩌면 처음부터 아무것도 없었던 게 아닐까. 문득 든 생각에 나는 모든 게 너무나도 절실해졌다. 미친 듯

이 언덕길을 내달리기 시작했다. 처음으로 그가 간절해지는
순간이었다.

해설
고유하게 단절된 장소들

임현(소설가)

인문지리학의 고전 중 하나인 이-푸 투안의 『공간과 장소』
는 제목 그대로 우리에게 친숙하지만 자주 혼용되는 두 개념
의 차이에 대해 이야기한다. 가령, 공간(space)은 '광활함', '자
유' 혹은 '황량함'과 '위협' 등을 떠올리게 하는 추상적인 개념
이지만, 장소(place)는 개별적인 경험과 고유한 정체성으로
채워진 구체적인 개념이라는 것이다. 때문에 물리적 좌표가
같은 동일한 공간이라고 하더라도, 그 공간을 경험하는 주체
가 어떤 가치와 의미를 부여하느냐에 따라 전혀 다른 장소가
될 수도 있는 셈이다. 투안은 이러한 사례 중 하나로 어느 물리
학자들의 대화를 인용하여 들려준다.

"여기에 햄릿이 살았다고 상상하자마자 이 성이 다르게 보이

는 게 이상하지 않나요? 과학자인 우리는 이 성이 오로지 돌로만 되어 있다고 믿으면서 건축가가 그 돌들을 축조한 방식에 경의를 표하죠. 돌과 고색창연한 초록 지붕, 교회 안의 목각물들이 이 성 전체를 이루고 있어요. 그중 그 어느 것도 여기에 햄릿이 살았다는 사실 때문에 변하지는 않지만 이 성은 이제 완전히 달라졌어요. 갑자기 성벽과 성곽이 이전과는 전혀 다른 말을 하고 있어요."*

장소는 공간과 달리 경험을 통해 구체화된 곳이다. 더불어 장소는 경계나 구획을 목적으로 하는 영역과도 다르다. 무엇보다 물리적 공간은 한정될 수 있지만, 개별적인 기억과 가치가 담긴 장소는 그것에 의미를 부여하는 주체의 수만큼 무수하게 확장될 수 있다. 더구나 인간의 장소는 여타 다른 동물들과는 다르게 또다른 주체들과 그 의미를 공유할 수 있다는 점에서 더욱 특별하다. 때문에 우리는 한번도 가본 적 없는 이국적인 풍경을 상상하며 익숙한 감정을 이입할 수도 있고, 아주 일상적인 배경으로부터 이제껏 느껴본 적 없는 낯선 감각을 환기시킬 수도 있다. 그리고 잘 알려져 있다시피 소설은 이러한 경험을 공유하고 소통하는 대표적인 방식 중 하나이다.

예컨대,「그 여자의 집」의 첫 문장이 "개 짖는 소리가 겨울

* 이-푸 투안,『공간과 장소』, 윤영호·김미선 옮김, 사이, 2020, 15쪽.

아침의 고요를 깬다"로 시작될 때 독자인 우리를 우선 환기하는 것은 이러한 풍경들과 관련해 이미 알고 있던 기억들일 것이다. 더불어 "잡풀과 나무가 제멋대로 자라는 곳", "사람보다 다람쥐나 산토끼, 꿩과 고라니가 자주 다니는 곳"으로 이어지는 '솔미'의 집에 대한 서술은 독자가 이곳을 한 개인의 고유하고 구체적인 장소로서 받아들일 수 있도록 하는 데 일조한다. 물론, 이것은 비단 김수영 소설만의 이야기는 아니다. 소설의 주요 배경이 되는 장소는 소설 전반의 주된 정서와 분위기를 비롯하여 인물의 미시적인 감정이나 변화 등을 느끼게 하는 장치로 자주 활용되기 때문이다. 그런데 김수영의 소설에서 발견되는 특징 중 하나는 인물 개별에게 부여된 고유한 장소가 오히려 일반화되고 획일화되는 과정을 그리고 있다는 점이다.

표제작 「그 여자의 집」은 이러한 징후를 고스란히 담고 있는 대표적인 사례이다. 앞서 소개한 도입부의 전원적이고 평화로운 '솔미'의 집은 소설 말미에 이르러 사람이 거주하기에는 부적절한 '개집'이자, '불법'적인 건축물로 전락해버린다. 눈여겨볼 것은 '솔미'의 집이 물리적 훼손이나 이주에 따른 변화가 아니라 이를 대하는 또다른 인물들이 부여한 가치와 평가로 인해 달라진다는 점이다.

대강의 상황을 요약하자면 이렇다. 마흔 중반의 솔미가 계약직으로 일하던 전시기획 보조 일을 그만두고, 생전 어머니가 칩거하던 '동수리'에 들어온 것은 1년쯤 전의 일이었다. 그 1년 동안 다섯 마리의 버려진 개들을 돌보거나, 주로 노인들만 사는 마을의 소일거리를 도우며 지냈다. 갈등의 시작은 동수리의 이장 선출을 위한 자리에 '현 이장'의 상대 후보로 솔미가 물망에 오르면서부터다. 무엇보다 솔미는 어딘가 부당하고 부조리해 보이는 마을 살림의 결산보고를 지적하며, 이장 후보로서 그 과정을 공정하고 투명하게 공개할 것을 공약으로 내세운다. 그런데 솔미가 강조한 '공정함'이라는 기준은 그대로 솔미의 이장 후보 자격을 의심하는 근거가 되어 돌아온다.

"견사? 이게 뭔가?"

비닐하우스에 사는 강 노인이 서류에 적힌 글을 읽는다. 회의장에 있는 사람들이 모두 들을 만큼 큰 소리다. 주민들이 흘끔흘끔 서류를 들여다보고 옆으로 넘긴다.

"언제 가옥대장까지 뗐대?"

누군가가 비아냥댄다. 동수리 주민들은 다양한 집에 살고 있다. 무허가 집에 살거나 농막으로 위장한 비닐하우스에 살거나, 방치된 남의 집에 들어가 살기도 하고, 컨테이너에 사는 사람도 있다. 물론 선조들에게 물려받은 오래된 집에 사는 사람도, 새집을 짓고 들어온 귀농인도 있다. 솔미는 어머니가 30년이 넘게 견사에 살았다는 사실을 오늘 알았다. 주민등록을 이전하는 데도 문제가 없었으니 인지할 기회가 없었다. 견사도 집은 집이었다. 솔미는 이장 입후보 자격을 다시 묻는다. 중요한 질문이라며 선거위원장은 형사처벌을 받았거나 심각한 결격사유가 있으면 이장 피선거권이 없다는 마을 규약을 읽어준다.(23-24쪽)

선거위원장에 의해 행정서류상 솔미의 집이 '견사'로 등록되어 있다는 사실이 밝혀지면서, 결국 솔미의 피선거권은 박탈당한다. 보다 정확히는 솔미가 현재 '불법 건축물'에 거주하고 있다는 사실과 이로 인해 생길 수 있는 법률적 문제가 후보로서 결격의 사유가 되었기 때문이다. 그런데 이로부터 함께 소거되어버리는 것은 그들 마을 사람들이 함께 공유하고 있던 '솔미의 집'이라는 구체적인 장소성이다. 요컨대, 30년이 넘게 솔미의 어머니가 살면서 남겼을 삶의 흔적들, 안정과 보호의 주거지로서의 가치는 더이상 인정되지 않는다는 것이다. 오직 가옥대장상에 객관적이고 보편적으로 기록된 '견사'라는 일반명사가 그 자리를 대신할 뿐이다.

이를 가장 단적으로 보여주는 장면은 이후, 불법 신고 민원을 처리하기 위해 누군가가 솔미의 집을 방문할 때이다. 주변을 둘러보기를 청하는 낯선 남자를 향해 솔미는 "개집을 둘러보는 데 허락이 필요할까요?"라고 냉소적으로 응대한다. 마치 "집을 소개하는 부동산업자처럼" 안내하는 솔미가 그와 굳이 나누려고 하지 않는 것은 이 집의 고유한 가치와 기억들일 것이다. 그러니까 잔설과 찬바람이 불던 그날, 추위로부터 떠올리는 "따뜻한 난롯불"이 있는 '집'의 의미는 온전히 솔미 혼자만의 것으로 남게 되는 셈이다.

「반출 금지」 역시 인물들 간의 공유되지 않는 장소성을 통해 단절되어버린 관계를 형상화한다. 우선 지환은 그의 어머니 강 여사가 애지중지하는 소나무에 대한 의미를 이해하지 못한다.

> 강 여사는 소나무 세 그루에 온 정성을 쏟았다. 소나무는 골고루 키가 커서 아파트 2층 높이 가까이 컸고, 곧게 뻗은 몸통에 가지가 활달하게 뻗어 하늘을 받드는 형상이었다. 강 여사는 유튜브로 나무 기르기 동영상을 보았고, 도서관에서 『한국의 소나무』라는 책을 빌려 읽었다. 소나무 주변의 잡풀을 뽑고, 퇴비를 주었다. 봄이면 송홧가루를 쓸어모았고, 솔잎을 항아리에 담아 발효시켰다. 솔잎이 갈색으로 변할 때마다 막걸리를 뿌렸고, 송충이를 직접 잡았다.
> 소나무를 모시고 산다니까. 조경업자가 팔라고 할 때 팔아요. 돈이 꽤 될 거야.
> 옆집 여자가 들으라는 듯 큰 소리로 말했지만, 강 여사는 무시했다. [······] 옆집 여자에겐 소나무도 잡목과 비슷한 나무일 뿐이었다. 소나무에 대한 강 여사의 속내까지 알 리 없었

다. 사실 지환도 그들과 별반 다르지 않았다.(43~44쪽)

아버지가 급성신부전으로 돌아가시고, 여동생 지영이 뉴질랜드로 떠나버린 뒤 강 여사는 그녀의 부모님이 살았던 단독주택으로 홀로 들어가버린다. 그리고 그 집 마당에 심긴 소나무 세 그루에 정성을 쏟는 강 여사의 속내를 지환은 알지 못한다. 무엇보다 강 여사의 아버지가 직접 심었다는 그 소나무에 얽힌 기억과 사연이 지환에게는 부재하기 때문이다. 이로 인해 강 여사가 거주하는 단독주택을 제유적으로 드러내고 있는 소나무에 대한 평가는 오로지 환금성으로서의 가치나 잡목의 하위분류로 일반화될 뿐이다. 곧, 강 여사의 구체적인 장소이자 체험으로서의 소나무가 있는 단독주택을 공유하지 못했던 지환은 소설 말미에 이르러, 병든 소나무에 불을 붙이는 강 여사의 돌발적인 행동을 결코 예상할 수 없었을 것이다.

「반출 금지」가 모자지간의 소통되지 않은 장소의 의미를 보여줬다면, 「의자」와 「북극과 양파」는 동일한 공간에 대한 상이한 장소성으로 인해 단절된 관계를 그려낸다. 특히, 「북극과 양파」에서 '북극'으로 명명되고 있는 이곳은 '지역사회 상생 프로젝트'의 일환으로 스키장에서 임대해주는 노점이다. '아버지'는 '북극'의 임대권을 따내고 아들인 환기에게 운영을 맡긴다. 이후, 스키어들 사이에 입소문이 난 '북극'은 꼭 가봐야 할 명소로 자리잡으며 문전성시를 이루게 되는데, 그 이유가

판매하고 있는 어묵 때문이 아니라 백여 개의 유리병에 담겨 선반 위에 진열된 양파 때문이었다. 다만, 아버지를 비롯해 그곳을 찾는 누구도 '북극'의 양파가 어떤 의미인지 알지 못한다. 오직 양파의 주인인 환기에게만 나름의 가치를 지닌 존재였던 것이다.

> 양파는 나의 또다른 가족이었다. 같이 있는 것만으로 힘이 되고, 존재감을 뿜어내는. 그러니까 내게 양파는 대량 재배해서 대량 소비하는 그런 채소가 아니었다. 그렇다고 평생 농사를 지어온 아버지에게 양파는 나의 반려식물이니까요, 라고 말할 수는 없었다.(74쪽)

환기에게 양파가 작물이 아니라, 반려식물로서의 대상이라는 점에서 양파들이 진열된 '북극'은 가장 친근하고 지켜야 할 "집"으로서의 고유한 장소가 된다. 다만, 아버지에게 동일한 '북극'은 계약서를 쓰고 일정한 기간 동안 어묵을 판매할 수 있는 노동의 장소일 뿐이다. 이러한 대비는 아버지의 일방적인 통보 "이제 북극은 그만둬라"(89쪽)에 대한 환기의 반응으로 드러난다. 요컨대, 재난(폭설)과 돌발적인 위험(스키어들과의 충돌)으로부터 무방비하게 노출된 '북극'으로부터의 탈출을 바라는 말일 수도 있었을 아버지의 요청이 환기에게는 오로지 보호받고 지켜져야 할 '집'으로부터의 퇴거로 받아들여질 수밖에 없었던 것이다.

김수영의 소설이 그려내는 세계가 이처럼 단절되고 소통 부재의 양상을 보인다는 점에서 작금의 세태에 대한 비유로 읽는다고 해도 크게 무리는 없을 듯하다. 다만, 그것이 피상적이고 공동화(空洞化)된 관계를 고발하거나 지적하는 데 그치는 것이 아니라, 그로부터 독자인 우리에게 또다른 자리를 마련할 것을 요청하고 있다는 점에서, 아직 우리의 경험이 닿지 못한 미지의 공간이자 그 가능성들을 상상하게 만든다는 점에서 김수영에 의해 핍진하게 구체화된 장소들에 대해 새삼 주목하게 되는 것이다.

작가의 말

집은 꿈을 꾸는가.

집으로 가는 저녁에 나는 내게 묻곤 했다. 간절하지만 무심하게. 바람이 대답을 실어왔다. 색깔과 모습은 달라도 집은 늘 꿈을 꾼다고. 그럴 때면 지쳤던 마음이 푸근해지고 발걸음이 조금 가벼워진다.

내 속에는 다양한 집이 있다. 그 집은 내가 알지 못했던 사람들이 놓고 간 이야기를 조곤조곤 들려준다. 개집, 어묵을 파는 집, 나무가 죽어가는 집, 앉을 수 없는 의자만 가득한 방에 살거나 살았던 사람들 이야기를. 그리고 나지막이 속삭인다. 나만의 집이, 자기만의 방이 있다는 건 축복이라고. 남들이 명명해주는 이름에 휘둘리지 말라고.

집은 감춰진 또다른 나였다. 포기하고 싶을 때마다 품어주면서 묵묵히 기억해주는, 앞으로 나아가도록 기다려주는. 힘들어서 즐겁고 그래서 결국에는 다시 쓰게 만드는. 나는 자주 그 집에 가고 싶다. 그 집에서 만나는 모든 이와 함께 꿈을 꾸고 싶다. 신나는 꿈을.

귀한 추천의 글을 써주신 손홍규 소설가님. 따스한 시선으로 해설 주신 임현 소설가님. 감사합니다. 출판을 도와주신 교유서가에도 감사드립니다. 서툰 글을 기꺼이 읽어주는 문우들에게도 고마움을 전합니다. 아낌없이 응원해주는 가족에게 늘 힘을 얻습니다.

2024년 11월
김수영